서정시 동서고금 모두 하나 3

유랑의 노래

조 동 일

계명대학교, 영남대학교, 한국정신문화연구원,
서울대학교 교수, 계명대학교 석좌교수 역임.
현재 서울대학교 명예교수.
대한민국 학술원 회원.

《한국소설의 이론》,《하나이면서 여럿인 동아시아문학》,
《세계문학사의 전개》등 저서 50여 종.

서정시 동서고금 모두 하나 3

유랑의 노래

초판 1쇄 발행 2016. 11. 25.
초판 1쇄 발행 2016. 11. 30.

지은이 조 동 일
펴낸이 김 경 희
펴낸곳 내마음의 바다
　　　본사 ● 03044, 서울시 종로구 자하문로6길 18-7
　　　　　　전화 (02) 734-1978 팩스 (02) 720-7900
　　　파주사무소 ● 10881, 경기도 파주시 광인사길 53
　　　　　　전화 (031) 955-4226~7팩스 (031) 955-4228
한글문패 내마음의 바다
영문문패 www.jisik.co.kr
전자우편 jsp@jisik.co.kr
등록번호 제 300-2003-114호
등록날짜 2003. 6. 18.

ISBN 978-89-423-9018-2(04800)
ISBN 978-89-423-9015-1(전6권)

이 책을 읽고 저자에게 문의하고자 하는 이는
지식산업사 전자우편으로 연락 바랍니다.

서정시 동서고금 모두 하나 3

유랑의 노래

조 동 일

내마음의 바다

차 례

7

제장
떠나고 싶어

이인로(李仁老), 〈지리산에서 논다(遊智異山)〉

頭流山逈暮雲低
萬壑千巖似會稽
策杖欲尋靑鶴洞
隔林空聽白猿啼
樓臺縹緲三山遠
苔蘚依俙四字題
試問仙源何處是
落花流水使人迷

두류산 멀리 저녁 구름 나직하고,
만 골짜기 천 바위 회계산과 흡사하네.
막대 짚고 청학동을 찾으려 하니
건너편 숲에서 흰 원숭이 소리만 들리네.
누대는 아득하고 삼산은 멀고,
이끼 끼어 넉 자 글씨 희미하구나.
물노니 신선이 사는 곳 어디인고?
떨어진 꽃이 물에 흘러 헤매게 하네.

이인로는 한국 고려시대 시인이다. 이 시에서 세속을 벗어나 신선이 사는 이상향을 찾아가고 싶다고 했다. 제목을 〈지리산에서 논다〉고 했다. 지리산은 서두에서 말했듯이 두류산이라고도 하는데, 신선이 산다고 하는 곳이다. "논다"는 것은 일에서 벗어나 즐거움을 누린다는 말이다. 일에서 벗어난 즐거움을 최대한 누리면 신선이다. 지리산에 가서 신선을 찾고자 했다. "푸른 학의 마을"이라는 뜻을 지닌 청학동은 신선이 사는 곳이라고 알려져 있다. 청학동을 찾아 나섰으나 찾을 수 없다고 했다.

지리산의 모습을 멀리서 보고 "회계산"과 흡사하다고 했다. 중국의 회계산도 신선이 산다는 산이다. "흰 원숭이 소리"만 들린다고 한 것은 청학동을 찾을 수 없어 뜻을 이루지 못했다고 말하기 위해 필요한 구절이다. 한국에는 없는 원숭이를 독서를 통해 중국에서 가져왔다. "누대"는 신선의 자취가 남아 있는 전각이다. "삼산"은 "삼신산"(三神山)을 줄인 말이며, 봉래(蓬萊), 방장(方丈), 영주(瀛州)라고 일컬어지는 신선이 사는 산이다. "넉 자"는 최치원(崔致遠)이 지리산 쌍계사(雙磎寺) 바위 위에 남긴 "雙磎"와 "石門" 네 글자이다. 최치원은 신선이 되어 자취를 감추었다고 한다. "떨어진 꽃이 (시내)물에 흘러 헤매게 하네"는 도연명(陶淵明)의 〈도화원기〉(桃花源記)를 두고 한 말이다. 복숭아꽃 핀 골짜기에 신선처럼 사는 사람들의 마을이 있는 것을 발견했는데 다시 찾을 수 없다고 한 내용이다. 한자에는 "俗"과 "仙"이 대조가 되는 글자이다. 골짜기에 사는 "俗人"은 일에 매여 사느라고 근심이 많고, 산에 사는 "仙人"은 일에서 해방되어 자유를 누리고 근심이 없다. "仙人"을 "神仙"이라고도 한다. 속인은 신선을 동경한다. 신선의 자취를 찾아 신선을 만나고 신선이 되는 탈출을 염원한다. 이인로는 이 시에서 동아시아 사람들이 공통으로 지닌 이런 심정을 집약해 나타냈다. 많은 전고(典故)가 들어 있어, 이것 하나만 가지고도 속세를 벗어나는 탈출에 관한 오랜 전통을 알아볼 수 있다.

살고 있는 곳을 떠나 멀리 가는 것을 무어라고 할 것인가? '탈속'(脫俗)이라고 하면 너무 고전적인 말이어서 후대의 시에는 적용되지 않는다. '나그네 길'이라고 하면 좋겠으나 시련이니 모험이니 하는 것은 포괄하지 못한다. 자주 쓰이는 말 '방랑'을 택하는 것이 적극적인 대책이지만, 가벼운 마음으로 여행을 하고 싶다고 하는 쪽은 배제하므로 총칭으로서는 적합하지 않다. 가볍고 무겁고, 즐겁고 괴로운 그 어느 쪽에도 해당될 수 있게 '유랑'을 표제로 내놓았다.

김소월, 〈엄마야 누나야〉

엄마야 누나야, 강변 살자.

뜰에는 반짝이는 금모래 빛
뒷문 밖에는 갈잎의 노래
엄마야 누나야, 강변 살자.

   김소월은 한국의 근대시인이다. 이 시를 지어 이인로가 〈지
리산에서 논다〉에서 나타낸 생각을 최대한 축소했다고 할 수
있다. 신선이 사는 산을 찾아간 것을 "강변 살자"로 바꾸고, 아
무 전고도 없는 쉬운 말을 짧게 했으며, 막대 짚고 산에 오르
는 노인과는 아주 다른 어린아이를 서술자로 삼았다. 어린아
이가 엄마와 누나에게 강변에 가서 살자고 조르는 말을 했다.
   제1행에서 한 말을 제4행에서 되풀이했다. 강변은 제2행에
서 금모래가 반짝이는 곳이라고 하고, 제3행에서는 갈잎이 노
래하는 곳이라고 했다. 그런 곳으로 가고 싶다고 했다. 혼자서
는 가지 못해 "엄마야 누나야"를 불러 함께 가자고 했다. 가장
친근한 두 여성과 함께 가야 좋은 곳이 더 좋다고 여겼다.
   지금 있는 곳이 어딘지 말하지 않았지만 불만스럽기 때문에
좋은 곳으로 가고 싶다고 했다. 이런 생각은 이인로, 〈지리산
에서 논다〉와 다르지 않다. 7백 년 정도의 시간 간격이 있고,
아주 다른 것 같은 시에 공통된 소망이 나타나 있다.

괴테Johann Wolfgang von Goethe, 〈**초조하게**Ungeduld〉

Immer wieder in die Weite,
Über Länder an das Meer,
Phantasien, in der Breite
Schwebt am Ufer hin und her!
Neu ist immer die Erfahrung:
Immer ist dem Herzen bang,
Schmerzen sind der Jugend Nahrung,
Tränen seliger Lobgesang.

언제나 다시 먼 곳으로,
육지를 지나 바다로.
넓게 펼쳐지는 환상이
물가에서 이리저리 떠돈다.
체험은 언제나 새롭다.
언제나 가슴을 뛰게 한다.
고통은 젊음의 양식이고,
눈물은 고귀한 찬송가이다.

　　괴테는 독일의 근대 고전주의 시인이다. 제목을 그대로 번역
하면 "초조함", "조급함" 등의 명사이지만, 시에 어울리게 하려
고 〈초조하게〉라고 옮겼다. 짧은 시에서 먼 곳을 동경해 찾아
가고자 하는 생각을 아주 선명하게 나타냈다. 평소에 살고 있
는 육지를 벗어나 미지의 세계인 바다로 탈출해 새로운 체험을
하면 감격스러워 가슴이 뛴다고 했다. 탈출에는 고통과 눈물이
따르지만 젊음의 용기로 이겨내고 찬송가로 삼아야 한다고 했
다. 이런 생각을 하니 기대가 벅차 마음이 초조하다고 했다.

강남주, 〈출가(出家)의 노래〉

언제나 슬픔은 내게 머물고
나를 영원히
떠나주질 않네.

자기만의 방언으로
말이 막히고
굳게 닫힌 마음마다
잠겨진 빗장.

등치고 쓰다듬고 다시 쓰러뜨리고
나는 아픈 마음으로
바장이며 살았네.

지친 머리 늘어진 사지로
이 하루를 아프게 살다가
이제야 나는 마음 열었네.
여행할 것을.

바다를 건너며
산을 넘어서,
슬픔을 다스리는 여행길에 오르네.

　강남주는 한국 현대시인이다. 굳게 닫힌 마음을 열려면 여행을 떠나야 한다고 했다. 슬픔을 다스리기 위해서도 바다를 건너고 산을 넘는 여행을 해야 한다고 했다. 여행을 출가(出家)라고 했다. 불교에서 도를 닦기 위해 집을 나서는 것과 같은 성스러운 행위라고 했다.

류시화, 〈길 위에서의 생각〉

집이 없는 자는 집을 그리워하고
집이 있는 자는 빈 들녘의 바람을 그리워한다

나 집을 떠나 길 위에 서서 생각하니
삶에서 잃은 것도 없고 얻은 것도 없다

모든 것들이 빈 들녘의 바람처럼
세월을 몰고 다만 멀어져갔다

어떤 자는 울면서 웃을 날을 그리워하고
웃는 자는 또 웃음 끝에 다가올 울음을 두려워한다

나 길 위에 피어난 풀에게 묻는다
나는 무엇을 위해서 살았으며
무엇을 위해 살지 않았는가를

살아 있는 자는 죽을 것을 염려하고
죽어가는 자는 더 살지 못했음을 아쉬워한다

자유가 없는 자는 자유를 그리워하고
어떤 나그네는 자유에 지쳐 길에서 쓰러진다

　류시화는 한국 현대시인이다. 떠나가고 싶은 심정을 잘 이해
해 시에서 나타냈다. 가진 것에는 관심이 없고 가지지 않은 것
을 동경하는 마음 때문에 집을 버리고 "빈 들녘의 바람을 그리
워" 하면서 떠나간다고 했다.

로런스D. H. Lawrence, 〈탈출Escape〉

When we get out of the glass bottles of our ego,
and when we escape like squirrels turning in the
cages of our personality
and get into the forests again,
we shall shiver with cold and fright
but things will happen to us
so that we don't know ourselves.

Cool, unlying life will rush in,
and passion will make our bodies taut with power,
we shall stamp our feet with new power

and old things will fall down,
we shall laugh, and institutions will curl up like
burnt paper.

우리가 자아의 유리병에서 빠져나오고
다람쥐 쳇바퀴 인격에서
탈출해
숲으로 다시 가면,
추위와 두려움으로 떨겠지만,
우리에게 벌어지는 사태가
우리가 누군지 모르게 한다.

차가운, 거짓되지 않은 삶이 밀어닥치리라.
정열이 우리 몸에 팽팽한 힘을 주리라.
우리 다리가 새로운 힘으로 걷게 하리라.
낡은 것들이 떨어져 나가
우리는 웃고, 제도라는 것들이 말려들리라,
불에 탄 종이처럼.

　로런스는 영국 근대작가이다. 소설로 잘 알려졌으나 시도 썼
다. 탈출의 의의에 관해 이와 같이 말했다. 자아가 유리병에 갇
히고, 인격이 다람쥐가 쳇바퀴를 돌도록 강요하는 상투적이고
구태의연한 구속에서 벗어나기 위해 탈출을 해야 한다고 했다.
　"숲으로 다시 가면"이라는 말로 자연으로 돌아가고 싶은 마
음을 나타냈다. 자연으로 돌아가면 즐겁다고 하는 데 그치지
않고, 처음에는 충격을 받고 당황하겠지만 자아니 인격이니
하고 규정되는 구속에서 벗어나 "우리가 누군지" 알 필요가 없
는 천진난만한 상태를 회복한다고 했다. 생명의 약동을 얻을
것이라고 했다.

그라네 Esther Granek, 〈탈출 Évasion〉

Et je serai face à la mer
qui viendra baigner les galets.
Caresses d'eau, de vent et d'air.
Et de lumière. D'immensité.
Et en moi sera le désert.
N'y entrera que ciel léger.

Et je serai face à la mer
qui viendra battre les rochers.
Giflant. Cinglant. Usant la pierre.
Frappant. S'infiltrant. Déchaînée.
Et en moi sera le désert.
N'y entrera ciel tourmenté.

Et je serai face à la mer,
statue de chair et coeur de bois.
Et me ferai désert en moi.
Qu'importera l'heure. Sombre ou claire…

그리고 나는 바다와 대면할 것이다.
바다는 조약돌을 적시고,
물과 바람과 공기로,
빛과 무한으로 애무하겠지만,
내게는 사막이 있어
얕은 하늘만 들어올 것이다.

그리고 나는 바다와 대면할 것이다.
바다는 바위를 때리러 오리라.
후리치고 휘몰아치고, 돌을 가지고
두드리고 스며들고 벗어나겠지만,
내게는 사막이 있어

17

흔들리는 하늘은 들어오지 않을 것이다.

그리고 나는 바다와 대면할 것이다.
육체가 늘어서고 가슴은 숲을 이루겠지만,
나는 나에게 사막을 만들어
시간이나 몰고 오리라, 흐리거나 개이거나…

　그라네는 벨기에 여성시인이며 불어로 창작했다. "내게는 사
막이 있다"고 되풀이해서 말한 괴로운 삶에서 벗어나기 위해
바다로 가겠다고 했다. 바다를 대면하기만 하고 바다를 향해
마음을 열지는 못하고 "사막을 만들어" 더욱 괴롭다고 했다.
바다는 생명의 약동을 더욱 강력하게 일깨워줄 수 있다.
　그것은 실현되지 않은 희망이다. 탈출을 염원하기만 하
고 이루지는 못한 좌절의 시이다. 미래형 서술로 일관되어
있어 바다와 대면할 것이라고 말했을 따름이다. 바다의 모
습을 현장에 가지 않고 마음속에서 그렸다. 탈출을 시도하
지도 않고 상상만 하고는 좌절할 것이라는 예감을 말했다.

제2장
먼 곳으로

괴테 Johan Wolfgang Goethe, 〈그 나라를 아시나요? Kennst du das Land〉

Kennst du das Land, wo die Zitronen blühn,
Im dunkeln Laub die Goldorangen glühn,
Ein sanfter Wind vom blauen Himmel weht,
Die Myrte still und hoch der Lorbeer steht?
Kennst du es wohl? Dahin!
Dahin möcht' ich mit dir,
O mein Geliebter, ziehn.

Kennst du das Haus? Auf Säulen ruht sein Dach,
Es glänzt der Saal, es schimmert das Gemach,
Und Marmorbilder stehn und sehn mich an:
Was hat man dir, du armes Kind, getan?
Kennst du es wohl? Dahin!
Dahin möcht' ich mit dir,
O mein Beschützer, ziehn.

Kennst du den Berg und seinen Wolkensteg?
Das Maultier such im Nebel seinen Weg,
In Höhlen wohnt der Drachen alte Brut;
Es stürzt der Fels und über ihn die Flut.
Kennst du ihn wohl? Dahin!
Dahin geht unser Weg!
O Vater, laß uns ziehn!

레몬 꽃 피는 그 나라를 아시나요,
짙은 잎 속에서 금빛 오렌지가 불타고,
푸른 하늘에서 잔잔한 바람이 일어나고,
도금나무는 조용히, 월계수는 높이 서 있는
그곳을 아시나요? 그리로!
그리로 우리 함께 갔으면,

사랑하는 사람이여.

그 집을 아시나요? 기둥 위에 지붕이 조용히 얹혀 있고,
방이 번쩍이고, 거실은 가물거리는,
대리석상이 서서 나를 보고 있는.
그대 가련한 아이여, 무슨 일이 있었나요?
그곳을 아시나요? 그리로!
그리로 우리 함께 갔으면,
오 나의 후원자여.

그 산이며 구름 다니는 길을 아시나요?
노새가 안개 속에서 길을 찾고,
동굴 속에 늙은 용이 살고 있는
바위 구르는 곳 위에 폭포가 쏟아지는

그곳을 아시나요? 그리로!
그리로 우리 함께 갔으면,
오 아버님이시어.

괴테는 독일 근대시인이다. 한국의 김소월과 독일의 괴테는
자기 나라에서 사랑을 받는 시인이다. 이 시는 김소월, 〈엄마
야 누나야〉와 기본적으로 같은 생각을 나타냈다. 작품의 길이
나 구체적인 내용은 달라도, 지금 살고 있는 곳을 떠나 동경하
고 있는 곳으로 가까운 사람들과 함께 떠나가고 싶다고 하는
탈출의 소망을 말한 것 같다.

　"엄마야, 누나야" 대신에 제1연의 "사랑하는 사람", 제2연의
"나의 후원자", 제3연의 "아버님"을 동반자로 삼겠다고 했다.
"사랑하는 사람"의 등장은 자연스럽다. "나의 후원자"는 누구
인가? 앞에서 "가여운 아이"라고 한 것과 이어보면, 돌보아주
지 못해 가엾게 생각되는 자기 아이를 정신적 후원자로 여긴다

고 한 말인 것 같다. 어머니 대신 "아버님"이 등장한 것은 가능한 대치이지만 조금은 뜻밖이다. 다 같은 육친이지만 시에서는 어머니를 찾는 것이 예사인데, 여기서는 아버지를 불렀다. 고국을 "아버지 나라"라고 하는 것은 독일인 특유의 성향이다.

김소월, 〈엄마야 누나야〉에서 가서 살고 싶은 곳이 금모래가 반짝이고 갈잎이 노래하는 강변이라고 한 소박한 발상이 여기서는 제1연의 아름다운 나무들이 서 있는 먼 나라, 제2연의 건물이 훌륭하고 실내 장식도 잘된 집, 제3연의 산이며 길이며 동굴이 볼 만한 풍경으로 확대되고 분화되었다. 제1연에서 든 나무들은 시인의 나라 독일과는 거리가 먼 이탈리아쯤 되는 남국의 정취를 나타낸다. 제2연에서 그린 집도 늘 보던 것은 아니다. 그러나 제3연에서 그린 풍경에 등장하는 산, 구름, 노새, 동굴 등은 어디서 누구든지 마음에 담아 두고 있어 친근한 것들이다. 탈출의 소망은 내면을 재인식하는 것임을 말해 준다.

신석정, 〈그 먼 나라를 아십니까?〉

어머니
당신은 그 먼 나라를 아십니까?

깊은 산림 지대를 끼고 돌면,
고요한 호수에 흰 물새 날고
좁은 들길에 들장미 열매 붉어,

멀리 노루 새끼 마음 놓고 뛰어다니는
아무도 살지 않는 그 먼 나라를 아십니까?

그 나라에 가실 때에는 부디 잊지 마셔요.

나와 같이 그 나라에 가서 비둘기를 키웁시다.
어머니,
당신은 그 먼 나라를 아십니까?

산비탈 넌지시 타고 내려오면,
양지밭에 흰 염소 한가히 풀 뜯고
길 솟는 옥수수 밭에 해는 저물어 저물어,
먼 바다 물소리 구슬피 들려오는
아무도 살지 않는 그 먼 나라를 아십니까?

어머니, 부디 잊지 마셔요.
그때 우리는 어린 양을 몰고 돌아옵시다.

어머니,
당신은 그 먼 나라를 아십니까?

오월 하늘에 비둘기 멀리 날고
오늘처럼 촐촐히 비가 내리면,
꿩 소리도 유난히 한가롭게 들리리다.
서리가마귀 높이 날아 산국화 더욱 곱고,
노란 은행잎이 한들한들 푸른 하늘에 날리는
가을이면 어머니, 그 나라에서.

양지 밭 과수원에 꿀벌이 잉잉거릴 때,
나와 함께 그 새빨간 능금을 또옥똑 따지 않으렵니까?

　신석정은 한국 현대시인이다. 이 시에서 김소월, 〈엄마야 누
나야〉에서처럼 어머니와 함께 좋은 곳에 가고 싶다고 했다. 누
이는 없고 어머니만 있어 어머니에게 의지하고 싶은 심정을 나
타냈다. 가고 싶은 좋은 곳을 어머니와 동일시했다.

탈출의 소망을 말하는 데 그치지 않고, 가고 싶은 곳은 "먼 나라"라고 하면서, 아름다운 광경을 상상해서 그린 것이 괴테, 〈그 나라를 아시나요?〉와 같다. 가고 싶은 먼 나라의 모습을 그리면서 괴테는 인공물을 등장시키고, 신석정은 자연물로 일관한 것은 문화 전통이 다르기 때문이라고 할 수 있다. 괴테는 아버지를, 신석정은 어머니를 동반자로 하겠다고 한 것도 주목할 만한 차이점이다.

하이네 Heinlich Heine, 〈노래의 날개를 타고 Auf Flügeln des Gesanges〉

Auf Flügeln des Gesanges
Herzliebchen, trag ich dich fort,
Fort nach den Fluren des Ganges,
Dort weiß ich den schönsten Ort.

 Dort liegt ein rotblühender Garten
Im stillen Mondenschein;
Die Lotosblumen erwarten
Ihr trautes Schwesterlein.

Die Veilchen kichern und kosen,
Und schaun nach den Sternen empor;
Heimlich erzählen die Rosen
Sich duftende Märchen ins Ohr.

Es hüpfen herbei und lauschen
Die frommen, klugen Gazelln;
Und in der Ferne rauschen
Des heiligen Stromes Welln.

Dort wollen wir niedersinken

Unter dem Palmenbaum,
Und Liebe und Ruhe trinken,
Und träumen seligen Traum.

노래의 날개에 태워,
사랑하는 사람아, 너를 데리고 가겠다
갠지스 강변 들판으로,
저기 가장 아름답다고 알고 있는 곳으로.

저기 붉은 꽃 핀 정원이
고요한 달빛에 펼쳐져 있고,
연꽃이 기다리고 있다
사랑스러운 자매를.

제비꽃들이 킥킥거리며 애무하면서
하늘의 별을 쳐다보고,
장미꽃들은 몰래 귓속에 대고
향기로운 동화를 서로 이야기한다.

온순하고 영리한 영양들은
이쪽으로 뛰어와 귀를 기울이고,
그리고 멀리서 소리를 낸다
성스러운 강의 물결이.

거기서 우리 함께
야자나무 아래 내려앉아,
사랑과 안식을 마시면서
행복한 꿈을 꾸고 싶다.

　하이네는 독일 근대 낭만주의 시인이다. 이 작품은 앞에서
든 괴테, 〈그 나라를 아시나요?〉와 상통하면서 몇 가지 점이

달라졌다. 저 멀리 있는 아름다운 곳이 이탈리아쯤 되는 남국에서 남쪽으로 더 내려간 인도로 바뀌었다. 어둡고 추운 곳에 사는 독일 사람들이 밝고 따뜻한 남쪽을 동경하는 심정을 확대했다. 인도는 더워서 살기 어려운 곳이라는 생각은 하지 않았다. 인공물은 들지 않고 동식물의 아름다움만 상상해 열거했다. 인도에 실제로 있는 동식물과 달라도 상관이 없다. 가장 크게 달라진 것은 동반자이다. 가족은 들지 않고 사랑하는 여인만 데리고 가겠다고 했다. 서두에서 "노래의 날개에 태워" 데리고 가겠다고 했으니 여행을 실제로 한 것은 아니고 상상하고 있는 여행을 노래에다 실었다.

보들래르Charles Baudelaire, 〈**여행을 떠나자**L'invitation au voyage〉

Mon enfant, ma soeur,
Songe à la douceur
D'aller là-bas vivre ensemble !
Aimer à loisir,
Aimer et mourir
Au pays qui te ressemble !
Les soleils mouillés
De ces ciels brouillés
Pour mon esprit ont les charmes
Si mystérieux
De tes traîtres yeux,
Brillant à travers leurs larmes.

Là, tout n'est qu'ordre et beauté,
Luxe, calme et volupté.

Des meubles luisants,

Polis par les ans,

Décoreraient notre chambre ;

Les plus rares fleurs

Mêlant leurs odeurs

Aux vagues senteurs de l'ambre,

Les riches plafonds,

Les miroirs profonds,

La splendeur orientale,

Tout y parlerait

À l'âme en secret

Sa douce langue natale.

Là, tout n'est qu'ordre et beauté,

Luxe, calme et volupté.

Vois sur ces canaux

Dormir ces vaisseaux

Dont l'humeur est vagabonde ;

C'est pour assouvir

Ton moindre désir

Qu'ils viennent du bout du monde.

− Les soleils couchants

Revêtent les champs,

Les canaux, la ville entière,

D'hyacinthe et d'or ;

Le monde s'endort

Dans une chaude lumière.

Là, tout n'est qu'ordre et beauté,

Luxe, calme et volupté.

아가야, 누이야,

감미로운 생각을 하자,

저기로 가서 함께 사는.

마음껏 사랑하고
사랑하다가 죽는.
너를 닮은 그곳
젖은 태양
구름 낀 하늘
내 마음 사로잡아
너무나도 신비스럽게.
속과 다른 너의 눈이
눈물 속에서 빛나듯이.

그곳에서는 무엇이든 정돈되고 아름답고
호사스럽고 고요하고 기쁘기만 하다.

오랜 세월 손때 묻어
반질거리는 가구
우리 방을 장식하고.
아주 고귀한 꽃
향내가 섞인다,
용연향의 아른한 냄새와
사치스러운 천장,
속이 깊은 거울,
동양의 광채.
거기서 모두 말을 한다.
마음속에다 조용하게
부드러운 모국어로.

그곳에서는 무엇이든 정돈되고 아름답고
호사스럽고 고요하고 기쁘기만 하다.

운하 위를 보아라.

배가 잠들어 있지만
돌아다니고 싶어한다.
배가 세계 끝에서 와서
너의 소망을 조금이라도
풀어주려고 한다.
넘어가는 해가
들판을 물들이고,
히야신스빛,
금빛
온 세상이 잠든다,
따뜻한 광채 속에서.

그곳에서는 무엇이든 정돈되고 아름답고
호사스럽고 고요하고 기쁘기만 하다.

　보들래르는 프랑스 근대 상징주의 시인이다. 이 시의 제목은
직역하면 〈여행에의 초대〉인데 우리말로는 어색하므로 〈여행
을 떠나자〉라고 했다. 괴테, 〈그 나라를 아시나요?〉, 하이네,
〈노래의 날개를 달고〉에서처럼 멀리 있는 곳으로 떠나자고 했
는데, 그곳이 남쪽이 아니고 동쪽이라고 했다. 프랑스에서 동
양 문물을 선호하고 동경하는 풍조를 반영했다. 순수한 자연
이 주는 즐거움을 누리기 위해 가자고 하지 않고, 자연과 인공
이 섞여 있는 아름다움을 예찬한 것이 괴테와 같다. 방을 장식
할 동양풍의 가구를 미화한 것이 괴테가 그린 남국의 실내 장
식과 외형에는 차이가 있어도 기능이 상통한다.
　제1연 서두에서 "아가야, 누이야"라고 한 것은 앞의 김소월
의 "엄마야, 누나야"와 흡사하다. 그런데 "엄마"와 "누나야"는
두 사람이지만, "아가"와 "누이"는 한 사람이다. 사랑하는 여
인을 아가라고도 하고 누나라고도 하면서 다정스럽게 불렀다.
사랑하는 여인에게 좋은 곳으로 함께 가서 사랑하면서 살고 싶

다고 한 것이 바로 위 하이네, 〈노래의 날개를 달고〉와 같다.

그러면서 함께 가는 것을 상상하지 않고, 가자고 권유하는 말을 했다. 어떤 이유 때문인지 아직 결단을 내리지 못하고 있는 상대방의 마음을 움직이려고 했다. "속과 다른 너의 눈이 눈물 속에서 빛나"라고 한 것은 눈물을 흘리고 있는 여인이 속으로는 가고 싶어 한다고 한 말이다. 같은 말을 되풀이해 가고 싶은 곳에 대한 기대로 마음이 움직이게 하려고 했다. 아직 떠나지 못하고 있으면서 바라본 바깥 경치를 그렸다. 떠나기로 하면 태워줄 배가 멀리서 와서 운하에 정박하고 있다고 하고, 해 넘어갈 때의 아름다운 광경을 그렸다.

이 작품은 탈출의 소망과 사랑의 소망을 복합시켜 나타낸 것이 위에 든 시들과 다르다. 가고 싶은 곳의 "젖은 태양 구름 낀 하늘"이 속셈은 다르면서 눈물을 흘리는 여인의 모습과 같아 마음을 사로잡는다고 했다. 내면심리와 자연물 사이의 긴장된 대응관계를 만들어낸 것을 주목할 만하다. 이런 것은 상징주의의 특징이라고 할 수 있다. 괴테는 규범이 될 만한 아름다움을 격조 높게 구현하는 고전주의를 지향하고, 하이네는 화려한 상상을 마음껏 펼치는 낭만주의의 기풍을 자랑한 것과 선명한 대조를 이루었다.

베르아랑Emile Verhaeren, 〈여행Le voyage〉

Je ne puis voir la mer sans rêver de voyages.

Le soir se fait, un soir ami du paysage,
Où les bateaux, sur le sable du port,
En attendant le flux prochain, dorment encor.

Oh ce premier sursaut de leurs quilles cabrées,
An fouet soudain des montantes marées !

Oh ce regonflement de vie immense et lourd
Et ces grands flots, oiseaux d'écume,
Qui s'abattent du large, en un effroi de plumes,
Et reviennent sans cesse et repartent toujours !

La mer est belle et claire et pleine de voyages.
A quoi bon s'attarder près des phares du soir
Et regarder le jeu tournant de leurs miroirs
Réverbérer au loin des lumières trop sages ?
La mer est belle et claire et pleine de voyages
Et les flammes des horizons, comme des dents,
Mordent le désir fou, dans chaque coeur ardent :
L'inconnu est seul roi des volontés sauvages.

Partez, partez, sans regarder qui vous regarde,
Sans nuls adieux tristes et doux,
Partez, avec le seul amour en vous
De l'étendue éclatante et hagarde.
Oh voir ce que personne, avec ses yeux humains,
Avant vos yeux à vous, dardés et volontaires,
N'a vu ! voir et surprendre et dompter un mystère
Et le résoudre et tout à coup s'en revenir,
Du bout des mers de la terre,
Vers l'avenir,
Avec les dépouilles de ce mystère
Triomphales, entre les mains !

Ou bien là—bas, se frayer des chemins,
A travers des forêts que la peur accapare
Dieu sait vers quels tourbillonnants essaims
De peuples nains, défiants et bizarres.
Et pénétrer leurs moeurs, leur race et leur esprit
Et surprendre leur culte et ses tortures,
Pour éclairer, dans ses recoins et dans sa nuit,

Toute la sournoise étrangeté de la nature !
Oh ! les torridités du Sud – ou bien encor
La pâle et lucide splendeur des pôles
Que le monde retient, sur ses épaules,
Depuis combien de milliers d'ans, au Nord ?
Dites, l'errance au loin en des ténèbres claires,
Et les minuits monumentaux des gels polaires,
Et l'hivernage, au fond d'un large bateau blanc,
Et les étaux du froid qui font craquer ses flancs,
Et la neige qui choit, comme une somnolence,
Des jours, des jours, des jours, dans le total silence.

Dites, agoniser là–bas, mais néanmoins,
Avec son seul orgueil têtu, comme témoin,
Vivre pour s'en aller – dès que le printemps rouge
Aura cassé l'hiver compact qui déjà bouge –
Trouer toujours plus loin ces blocs de gel uni
Et rencontrer, malgré les volontés adverses,
Quand même, un jour, ce chemin qui traverse,
De part en part, le coeur glacé de l'infini.

Je ne puis voir la mer sans rêver de voyages.
Le soir se fait, un soir ami du paysage
Où les bateaux, sur le sable du port,
En attendant le flux prochain dorment encor…

Oh ce premier sursaut de leurs quilles cabrées
Aux coups de fouet soudains des montantes marées !

나는 여행을 꿈꾸지 않고는 바다를 바라볼 수 없다.

저녁이 되었다. 여행의 친구인 저녁에,
항구의 모래 위에 얹혀 있는 배들이
다음 밀물을 기다리면서 아직 잠자고 있다.

오, 배의 용골이 벌떡 일어날 것이다.
높이 오른 물결이 갑자기 내리치면!
둔중하게 늘어진 삶에 바람을 불어넣는
이 거대한 물결, 거품을 일으키는 새들이
공포에 질린 날개로 커다랗게 덮치면,
끊임없이 되돌아오고 언제나 떠나간다!

바다는 곱고 맑으며 여행객들이 넘친다.
무엇 때문에 저녁 등대 가에서 머뭇거리고,
거울 돌리는 놀이를 하면서, 너무 슬기로운
빛을 멀리 비치는 것을 보기나 하는가?
바다는 곱고 맑으며 여행객들이 넘친다.
수평선의 불빛들이 이빨이라도 되는 듯이
열렬한 가슴마다 미친 욕망을 물어뜯는다.
야생적인 의지는 무언지 모를 것을 따른다.

떠나라, 그대를 보는 사람은 보지 말고 떠나라.
슬프고 감미로운 작별인사 따위는 그만두어라.
그대가 빛나면서 험상궂은 저 먼 곳을 사랑하면
다른 생각은 하지 말고 주저없이 떠나라.
오, 예사 사람들은 아무도 전에 보지 못하고
투철하고 단호한 그대 눈앞에 나타난 것을 보아라.
신비로운 것을 보고, 잡고, 길들여라.
그것을 풀어내고는, 갑자기 방향을 돌려
땅위 바다 끝에서
미래를 향해 나아가라.
신비로운 것, 그 자랑스러운
노획물을 손에 쥐고!

저 멀리 길을 내고

두려움에 사로잡힌 숲을 지나가라.
하느님이라야 알 만한 의심스럽고 이상한 난쟁이
  무리들이
벌떼처럼 잉잉거리는 곳으로 가서,
풍속, 종족, 정신 속으로 들어가라.
신앙이나 형벌도 알아내,
후미지고 어두운 곳에 이르기까지
은밀하고 기이한 자연의 모습을 모두 밝혀라.

오! 남양의 찌는 듯한 더위 — 또한
창백하게 빛을 내는 북극,
이런 것들이 지구 어깨에 얹혀 있다.
몇 천 년부터인지 말해보아라,
멀리 빛나는 어둠 속에서 방황하고,
극지의 얼음에서 엄청난 밤을 보내고,
크고 흰 배 바닥에서 겨울을 나고,
빙하의 허리를 기계로 깨고,
잠이 덜 깬 채 눈을 맞은
나날, 나날, 나날을 침묵하면서 보낸 것이.

말해보아라, 저 멀리 가서 죽어가면서도
완강한 오만을 증인처럼 동반하지,
활기 있게 달아나지, 붉어지는 봄이
견고한 겨울이 움직이기 시작하는 것을 깨면,
언제나 멀리 가서 얼음에 구멍을 내면서.
반대가 되는 의지를 지녔어도,
횡단하는 길을 어느 날인가 만나지.
마음이 무한히 얼어 있을 때 여기저기서.

나는 여행을 꿈꾸지 않고는 바다를 바라볼 수 없다.

저녁이 되었다, 여행의 친구인 저녁에,
항구의 모래 위에 얹혀 있는 배들이
다음 밀물을 기다리면서 아직 잠자고 있다.

오, 배의 용골이 벌떡 일어날 것이다.
높이 오른 물결이 갑자기 내리치는 것을 거듭 맞으면!

　베르아랑은 벨기에 근대시인이며 프랑스어로 창작했다. 정
감이 풍부한 시를 조용한 어조로 길게 쓰는 데 힘썼다. 여기서
는 바다를 바라보면서 여행을 동경하는 마음을 살뜰하게 나타
냈다.

　처음에는 앞에 전개되는 저녁 바다의 여러 모습에 내심의
욕구를 투영하는 작업을 차분하게 진행했다. 그러다가 격정
이 폭발해 "수평선의 불빛들이 이빨이라도 되는 듯이 열렬한
가슴마다 미친 욕망을 물어뜯는다"고 했다. "L'inconnu est
seul roi des volontés sauvages"는 직역하면 "무언지 모를
것이 야생적인 의지들의 유일한 왕이다"라는 말이다. 뜻하는
바를 찍어내 "야생적인 의지는 무언지 모를 것을 따른다"고 옮
겼다.

　다음에는 "빛나면서 험상궂은 저 먼 곳"으로 여행을 떠나 무
엇을 얻을 것인지 말했다. 아무도 보지 못한 신비로운 것을 찾
아내 "땅위 바다 끝에서" 땅위를 벗어난 하늘의 영역인 "미래
를 향해 나아가라"고 했다. 제6연에서는 이색적인 문화를 체
험하라는 말인데, 인종주의의 편견을 나타냈다. 제7연에서는
인간이 몇 천 년 전부터 오지에 가고, 극지를 탐험해온 내력을
말했다. 제8연에서는 여행하는 동안에 곤경을 겪고, 곤경에서
뜻하지 않게 벗어난다고 했다.

　나중에 서두의 말을 되풀이하면서 여행을 떠나기를 바라
고 기다린다고 했다. 그러면서 한 대목만 고쳤다, "Au fouet
soudain"을 "Aux coups de fouet soudains"이라고 했다.

"내리침"을 뜻하는 "coups"가 복수형이다. 그래서 "높이 오른
물결이 갑자기 내리치는 것을 거듭 맞으면!"이라고 번역했다.
출발을 가능하게 하는 충격이 강력하게 닥칠 것을 염원했다.

벤Gottfried Benn, 〈아, 먼 나라Ach, das ferne Land〉

Ach, das ferne Land,
wo das Herzzerreißende
auf runden Kiesel
oder Schilffläche libellenflüchtig
anmurmelt,
auch der Mond
verschlagenen Lichts
− halb Reif, halb Ährenweiß−
den Doppelgrund der Nacht
so tröstlich anhebt−

ach, das ferne Land,
wo vom Schimmer der Seen
die Hügel warm sind,
zum Beispiel Asolo, wo die Duse ruht,
von Pittsburgh trug sie der 》Duilio《 heim,
alle Kriegsschiffe, auch die englischen, flaggten
halbmast,
als er Gibraltar passierte −

dort Selbstgespräche
ohne Beziehungen auf Nahes,
Selbstgefühle
frühe Mechanismen,
Totemfragmente
in die weiche Luft

etwas Rosinenbrot im Rock—
so fallen die Tage,
bis der Ast am Himmel steht,
auf dem die Vögel einruhn
nach langem Flug."

아, 먼 나라.
비통한 마음이
둥근 자갈이나
갈대밭 위에서
덧없이 흔들리며
울먹이는 곳,
희미한 달빛도
절반쯤 만월 빛, 절반쯤 흰 이삭 빛
밤의 양면을
위로하듯 떠올리네...

아, 먼 나라.
바다가 가물거리고 빛나
언덕이 따뜻한 곳.
예를 들면, 통풍관이 쉬고 있는 아솔로,
피츠버그에서 두일리오를 옮겨온다.
모든 전함, 영국 것도
깃발을 반만 올린다,
지브랄타르를 지날 때면.

그곳에서 혼자 하는 말,
가까운 것들과도 무관하게.
자기만의 느낌.
때이른 메커니즘.
토템의 잔해.

부드러운 공기 속
옷소매에 묻은 건포도빵 같은 것.
이런 식으로 날이 가고는,
하늘에 서 있는 나무 가지에
새들이 돌아와 쉰다,
오래 날아다닌 다음에.

　벤은 독일 현대시인이다. 먼 나라로 가고 싶다는 시를 다시
지으면서 다른 말을 했다. 앞에서는 비통한 마음을 위로받기
위해 먼 나라로 가고 싶어한다는 통상적인 시상을 받아들여 절
실한 언사를 갖추어 나타내는 솜씨를 보였다. 낭만적인 환상
이라고 할 것을 이었다.

　그러다가 "예를 들고" 이하에서는 낭만을 깨고 환상을 걷었
다. 바다에 배가 다니는 것이 먼 나라의 모습이라고 했다. "아
솔로"는 이탈리아의 항구이고, "두일리오"는 이탈리아의 전함
이다. 먼 나라는 남쪽에서 찾고 이탈리아로 향하는 것이 예사
이므로, 이탈리아의 고유명사를 중간에 넣고 관련 사실을 이것
저것 열거해 먼 나라 동경이 무의미하다고 하는 반론을 폈다.

　먼 나라 동경은 "혼자 하는 말"이고 "자기만의 느낌"이라고
하다가, "때이른 메커니즘"이고 "토템의 잔해"여서 못마땅하
다고 거창한 말로 나무랐다. "부드러운 공기 속 옷소매에 묻은
건포도빵 같은 것"이라고 한 데서는 무시해도 좋을 것이라고
했다. 새들이 오래 날아다닌 다음 나뭇가지에 돌아와 쉰다고
한 마지막 대목에서는 사람도 휴식이 필요해 먼 곳을 찾는다고
하면 어느 정도 용서할 수 있다는 관용을 보였다.

제3장
즐겁게 떠나

김시습(金時習), 〈나그네(有客)〉

有客淸平寺
春山任意遊
鳥啼孤塔靜
花落小溪流
佳菜知時秀
香菌過雨柔
行吟入仙洞
消我百年憂

청평사에 들린 나그네
봄 산에서 뜻대로 노니네.
새는 울고 외로운 탑 고요하며,
꽃이 져서 작은 개울에 흐른다.
좋은 나물은 때를 따라 자라고,
향기로운 버섯 비 지나니 부드럽구나.
걸으며 읊조리며 신선골 들어서니
씻은 듯이 사라지네 백년의 근심.

김시습은 한국 조선시대 시인이다. 승려가 되어 방랑하면서
많은 시를 지었다. 그 가운데 하나인 이 시에서는 절에 들려서
봄날의 즐거움을 누리는 나그네의 모습을 그렸다. 청평사는
강원도 춘천에 있는 절이다. 나그네가 되어 뜻대로 놀면서 자
연이 주는 즐거움을 마음껏 즐기니 백년의 근심이 사라지는 듯
하다고 했다.

박목월, 〈나그네〉

강나루 건너서
밀밭 길을

구름에 달 가듯이
가는 나그네

길은 외줄기
남도 삼백리

술 익는 마을마다
타는 저녁놀

구름에 달 가듯이
가는 나그네

　박목월은 한국 현대시인이다. 이 시의 "나그네"는 방랑자를
뜻하는 우리말이다. 나그네는 방랑자보다 어감뿐만 아니라 행
동도 가볍다.

　구름에 달 가듯이 가는 나그네가 "강나루"를 건너서 "밀밭
길"로 가고, "길은 외줄기 남도 삼백리"라고 했다. "술 익는 마
을마다 타는 저녁놀"이라고 한 것은 함께 움직이는 정겨운 풍
경이다. 근심은 없고 즐거움만 있다.

　이 나그네는 왜 길을 가는가? 이에 대한 해명은 전혀 없다.
의문을 제기할 수도 없게 한다. 이 나그네가 별난 사람이 아니
고 누구나 이런 나그네이며, 산다는 것이 나그네 노릇이라고
하면 의문이니 해명이니 하는 말을 쓸 필요조차 없다.

아이헨도르프Joseph von Eichendorff, 〈즐거운 방랑자Der
Frohe Wandermann〉

Wem Gott will rechte Gunst erweisen,
Den schickt er in die weite Welt,
Dem will er seine Wunder weisen

In Berg und Wald und Strom und Feld.

Die Trägen die zu Hause liegen,
Erquicket nicht das Morgenrot,
Sie wissen nur von Kinderwiegen,
Von Sorgen, Last und Not um Brot.

Die Bächlein von den Bergen springen,
Die Lerchen schwirren hoch vor Lust,
Was soll ich nicht mit ihnen singen
Aus voller Kehl und frischer Brust?

Den lieben Gott laß ich nun walten,
Der Bächlein, Lerchen, Wald und Feld
Und Erd und Himmel will erhalten,
Hat auch mein Sach aufs best bestellt.

하느님은 진정한 은총을 베풀면
사람을 넓은 세상으로 내보내시네.
하느님의 기적을 보여주려고 하네.
산에서 숲에서 강에서 들에서.

집에 누워 있는 게으름뱅이들은
아침이 밝어도 생기가 나지 않고,
안다는 것이 오직 아이 기르기나
근심이나 짐이나 고생이나 빵이네.

시냇물 산에서 솟아나고,
종달새는 즐거워 재잘거리네.
함께 노래하지 않을 수 없네,
목청 가득히 시원한 가슴으로.

이제 나는 사랑의 하느님만 섬기리라,
시냇물이며 종달새며 숲이며 들이며,
땅과 하늘까지 하느님이 돌보시며
내 삶을 최상으로 점지하셨네.

아이헨도르프는 독일 낭만주의 시인이다. 이 시에서 방랑자
는 세상으로 나간다고 했다. 산, 숲, 강, 들 등으로 이루어진
자연에서 하느님이 보여주는 기적과 만난다고 했다. 하느님의
특별한 은총으로 최상의 생애를 점지한 덕분에 방랑자가 되어
즐거움을 한껏 누린다고 했다.

집에 머물러 있으면서 사소한 것들이나 염려하는 일상인을
게으름뱅이라고 했다. 일상인이 정상이고 방랑자는 비정상이
라는 생각을 비판하고, 일상인의 관점에서 방랑자를 나무라지
못하게 방어했다. 방랑자는 하느님의 은총을 실현하고 기적을
체험하는데 일상인은 하느님의 은총이나 기적을 외면하니 가
련하다고 했다. 일상생활에서 벗어난 방랑자는 고독과 고통에
시달린다는 것을 시인하지 않으려고 정반대가 되는 말을 했다.

스티븐슨Robert Louis Stevenson, 〈방랑자The Vagabond〉

Give to me the life I love,
Let the lave go by me,
Give the jolly heaven above
And the byway nigh me.
Bed in the bush with stars to see,
Bread I dip in the river —
There's the life for a man like me,
There's the life for ever.

Let the blow fall soon or late,
Let what will be o'er me ;

Give the face of earth around
And the road before me.
Wealth I seek not, hope nor love,
Nor a friend to know me ;
All I seek, the heaven above
And the road below me.

Or let autumn fall on me
Where afield I linger,
Silencing the bird on tree,
Biting the blue finger.
White as meal the frosty field —
Warm the fireside haven —
Not to autumn will I yield,
Not to winter even!

Let the blow fall soon or late,
Let what will be o'er me ;
Give the face of earth around,
And the road before me.
Wealth I ask not, hope nor love,
Nor a friend to know me ;
All I ask, the heaven above
And the road below me.

사랑하는 생명을 내게 다오,
나머지 것들은 지나치게 하고.
위에는 유쾌한 하늘이,
샛길은 가까이 있게 해다오.
별이 보이는 숲에서 자고,
강물에다 빵을 적시련다.
나와 같은 사람에게는 생명이
영원한 생명이 보장된다.

꽃은 일찍 져도 늦어도 그만이고,
내게 일어날 일은 일어나게 하라.
대지의 얼굴이 사방에 드러나고,
가야 할 길이 앞에 있게 하라.
재산도 희망도 사랑도 바라지 않고,
나를 알아줄 친구도 없다.
바라는 것은 오직 하늘이 위에
길은 아래에 있는 것이다.

가을이 떨어져 내리게 하라,
고향 떠나 헤매는 곳에서.
나무 위의 새를 조용하게 하고,
파랗게 된 손가락을 깨문다.
들에 내린 서리 밀가루처럼 흰데,
불 쪼이는 안식처를 따뜻하게 하라.
나는 가을이 와도 굴복하지 않고,
겨울조차도 무시한다!

꽃은 일찍 져도 늦어도 그만이고,
내게 일어날 일은 일어나게 하라.
대지의 얼굴이 사방에 드러나고,
가야 할 길이 앞에 있게 하라.
재산도 희망도 사랑도 바라지 않고,
나를 알아줄 친구도 없다.
바라는 것은 오직 하늘이 위에
길은 아래에 있는 것이다.

　스티븐슨은 근대 영국의 소설가이고 시인이다. 환상적인 모
험담 《보물섬》(Treasure Island)의 작가로 널리 알려져 있다.
멀리 떠나는 여행에 줄곧 관심을 가지고 이런 시도 지었다. 스

코틀랜드 사람이어서 그곳 말을 더러 썼다. "lave"는 "나머지 것들"이라는 뜻이다.

다른 것들은 다 버리고 가장 소중한 생명을 얻는 길이 방랑이라고 했다. 제2연에서는 재산, 희망, 사랑, 친구도 바라지 않고, 하늘 아래의 길을 걸어갈 따름이라고 했다. 방랑하는 이유가 그뿐이다. 시련에 굴복하지 않고 방랑한다고 한 제3연에서 그래서 얻은 것이 무엇인지 말해야 하겠는데, 제2연을 되풀이했다. 생각이 맴돌고 있는 것이다.

구체적인 사연을 들지 않고, 방랑하고 싶은 심정을 막연하게 나타냈다. 방랑을 떠나지 않고 상상하기만 했다. 갖출 것을 갖추지 못했다고 나무랄 것은 아니다. 특별한 이유 없이 방랑을 동경하는 마음이 누구에게나 있어 이런 시가 공감을 준다. 시는 《보물섬》 같은 이야기를 지어내지 않아도 된다. 양쪽 다 상상이라는 점에서 다르지 않다.

뤼벡Georg Philipp Schmidt von Lübeck, 〈방랑자Der Wanderer〉

Ich komme vom Gebirge her,
Es dampft das Tal, es braucht das Meer.
Ich wandle still, bin wenig froh,
Und immer fragt der Seufzer: Wo?

Die Sonne dünkt mich hier so kalt,
Die Blüte welk, das Leben alt,
Und was sie reden: leerer Schall, —
Ich bin ein Fremdling überall.

Wo bist du, mein geliebtes Land?
Gesucht, geahnt, doch nie gekannt,
Das Land, das Land so hoffnungsgrün,

Das Land, wo meine Rosen blühn.

Wo meine Freunde wandelnd gehn,
Wo meine Toten auferstehn,
Das Land, das meine Sprache spricht,
O Land, wo bist du?

Ich wandle still, bin wenig froh,
Und immer fragt der Seufzer: Wo?
Mit Geisterhauch rufts mir zurück:
Da, wo du nicht bist, ist das Glück!

나는 산맥에서 이곳으로 왔다.
골짜기는 김을 내고, 바다는 출렁인다.
나는 조용하게 거닐지만 즐겁지 않다.
그리고 계속 탄식하면서 묻는다, 어디?

여기서는 태양이 너무 차게 느껴지고,
꽃들은 시들어 생명이 노쇠했다.
말하는 것들이 공허한 소리이다.
나는 어디서나 이방인 신세이다.

너는 어디 있는가? 내 사랑하는 나라여.
찾고, 느껴도, 아직까지 알지 못한다.
그 나라, 희망으로 푸른 나라여,
내 장미꽃들이 피어 있는 나라여.

나의 벗들이 거닐고 있는 곳,
나의 죽은 이들이 살아나는 곳,
내가 하는 말로 이야기하는 나라.
그 나라, 너는 어디 있는가?

나는 조용하게 거닐지만 즐겁지 않다.
그리고 계속 탄식하면서 묻는다, 어디?
영혼의 숨결이 내게 되돌아 말한다.
네가 없는 곳에만 너의 행복이 있다.

뤼벡은 독일 근대시인이다. 슈베르트의 작곡으로 널리 알려
진 이 시를 지었다. 외톨이 이방인이 되어 방랑하면서 희망이
푸른 나라, 자기의 장미꽃들이 피어 있는 나라를 동경한다고
했다. 그 나라에서는 벗들과 함께 거닐고, 죽은 이들도 살아나
고, 자기가 하는 말로 이야기를 한다고 한다. 융합과 소통으
로 죽음을 넘어서는 것까지 상상한다. 그런 나라를 찾고 느끼
기는 해도 알지는 못한다고 했다. 불가능한 상상, 이루어질 수
없는 희망을 품고 방랑하니 불행하지 않을 수 없다.

독일어 시에는 방랑자의 노래가 많다. 방랑자를 뜻하는
"Wanderer"가 독일어에서 자주 쓰이고 매력 있게 들린다. 독
일어 사용자들은 이동을 일삼은 게르만민족의 후예이기 때문
에 방랑을 좋아하는가? 먼 연원을 따지면 그럴 수 있지만, 근
래의 사정이 더 큰 이유가 되지 않을까 한다. 독일에서는 정치
적 자유를 기대하지 못하는 상황이어서, 고독한 개인이 선각
자로 나서서 자기 나름대로 해방을 희구하고 방랑자의 노래를
불렀다. 낭만주의가 우울하고 비관적인 특징을 지니게 했다.

보브로브스키Johannes Bobrowski, 〈**방랑자**Wanderer〉

Abends,
der Strom ertönt,
der schwere Atem der Wälder,
Himmel, beflogen
von schreienden Vögeln, Küsten
der Finsternis, alt,

darüber die Feuer der Sterne.

Menschlich hab ich gelebt,
zu zählen vergessen die Tore,
die offenen. An die verschlossnen
hab ich gepocht.

Jedes Tor ist offen.
Der Rufer steht mit gebreiteten
Armen. So tritt an den Tisch.
Rede: die Wälder tönen,
den eratmenden Strom
durchfliegen die Fische, der Himmel
zittert von Feuern.

저녁마다
강이 소리 내고
숲은 육중하게 호흡한다.
하늘에는 울부짖는
새들이 날고,
오래된 해안 어둠에 잠기고,
그 위의 별빛.

인간적으로 살았어. 나는
열려 있는 문을 세는 것을
망각하고, 닫혀 있는
문들 두드렸지.

모든 문은 열려 있다.
외치는 자는 팔을 벌리고
서 있다. 테이블로 들어선다.
말해 봐. 숲이 소리내고

더 이상 호흡하지 않는 강 위로
물고기들이 솟구치며, 하늘은
불빛으로 떨고 있음을.

  보브로브스키는 독일 현대시인이다. 이 시의 방랑자는 정신
적 탐구의 길에 나섰다고 했다. 모든 문이 열려 있는 것을 발
견하고 들어가니 경이로운 세계가 있다고 했다. 독일어문학의
특징인 방랑자의 노래를 계속 부르면서 새로운 경지를 개척하
고자 했다.

제4장
방랑자의 행적

두보(杜甫), 〈밤 나그네의 심정(旅夜書懷)〉

細草微風岸
危檣獨夜舟
星垂平野闊
月湧大江流
名豈文章著
官應老病休
飄飄何所似
天地一沙鷗

풀잎에 바람 살랑이는 강 언덕,
돛대 위태롭게 올린 밤 배.
별이 드리운 평야는 드넓고,
달 솟구치는 큰 강이 흐른다.
이름을 어찌 문장으로 드러내나,
벼슬은 늙고 병들어 그만이다.
떠도는 신세 무엇과 같은가?
하늘과 땅 사이 한 마리 갈매기.

두보는 중국 당나라 시인이다. 방랑자의 행적에 관한 이런
시를 남겼다. 수많은 시인이 자기는 방랑자라고 하면서, 정처
없이 떠돌아다니는 심정을 노래했다. 이 작품이 그런 것을 일
찍 보여준 본보기이다.

서두에서 떠나는 모습을 말했다. 풀잎에 바람 살랑이는 강
언덕의 정겨운 풍경을 멀리 하고, 돛대를 위태롭게 올린 배를
타고, 낮이 밝기를 기다리지 않고 밤에 떠나야 하니 신세가 처
량하다. 별이 드리운 평야는 드넓고, 달 솟구치는 큰 강이 흐
른다고 해서 모습이 더욱 초라하다. 왜 떠나야 하는지 말했다.
문장으로 이름을 얻을 수 없고, 늙고 병들어 벼슬을 주어도 하
지 못하므로 쓸데없는 사람이 되어 방랑의 길에 오를 수밖에
없다고 했다. 목적지 없이 떠돌기만 하는 것이 외로운 갈매기

와 같다고 했다.

오상순, 〈방랑의 마음〉

흐름 위에
보금자리 친
오... 흐름 위에
보금자리 친
나의 혼....

바다 없는 곳에서
바다를 연모하는 나머지에
눈을 감고 마음속에
바다를 그려 보다
가만히 앉아서 때를 잃고...

옛 성 위에 발돋움하고
들 너머 산 너머 보이는 듯 마는 듯
어릿거리는 바다를 바라보다
해지는 줄도 모르고...

바다를 마음에 불러일으켜
가만히 응시하고 있으면
깊은 바닷소리
나의 피의 조류를 통하여 오도다.

망망한 푸른 해원(海原)...
마음 눈에 펴서 열리는 때에
안개 같은 바다와 향기

코에 서리도다.

오상순은 한국 근대시인이다. 머무르는 곳 없이 생애를 마친 사람이다. 방랑을 동경하는 심정을 나타낸 이 시가 널리 알려져 있다. 앞에서 든 두보, 〈밤 나그네의 심정〉에서는 강에서 배를 타고 떠나 작은 방랑을 실제로 시작한다고 했는데, 여기서는 망망한 바다를 떠도는 커다란 방랑을 생각하기만 하고 실행하지는 못했다. 이루지 못한 방랑의 소망을 말했다.

방랑을 해야 하는 이유는 말하지 않았다. 자기 혼이 한 자리에 머무르지 못하고 흐름 위에 보금자리를 쳐서 방랑할 수밖에 없다고 했다. 흐름은 바다의 흐름이 가장 크다. 바다의 흐름을 타야 방랑의 소망을 제대로 이룰 수 있다. 그런데 바다를 마음속으로 그리고, 바라보기만 하고, 느낌으로 받아들이고, 동경의 대상으로 삼는다고 했다.

하기와라 사쿠타로(萩原朔太郎), 〈**표박자의 노래**(漂泊者の歌)〉

日は断崖の上に登り
憂ひは陸橋の下を低く歩めり.
無限に遠き空の彼方
続ける鉄路の柵の背後(うしろ)に
一つの寂しき影は漂ふ.

ああ汝(なんぢ)漂泊者!
過去より来りて未来を過ぎ
久遠(くをん)の郷愁を追ひ行くもの.
いかなれば踉爾(さうじ)として
時計の如くに憂ひ歩むぞ.
石もて蛇を殺すごとく
一つの輪廻を断絶して

意志なき寂寥(せきれう)を踏み切れかし.

ああ悪魔よりも孤独にして
汝は氷霜の冬に耐えたるかな!
かつて何物をも信ずることなく
汝の信ずるところに憤怒を知れり.
かつて欲情の否定を知らず
汝の欲情するものを弾劾せり.
いかなればまた愁(うれ)ひ疲れて
やさしく抱かれ接吻(きす)する者の家に帰らん.
かつて何物をも汝は愛せず
何物もまたかつて汝を愛せざるべし.

ああ汝寂寥の人
悲しき落日の坂を登りて
意志なき断崖を漂泊(さまよ)ひ行けど
いづこに家郷はあらざるべし.
汝の家郷は有らざるべし!

해는 절벽 위에 오르고
시름은 육교 밑으로 나직이 걷는데,
끝없이 먼 하늘 저편
이어져 있는 철로의 목책 뒤로
적막한 그림자 하나 떠돈다.

아아, 너는 표박자!
과거에서 와서 미래를 지나
구원의 향수를 쫓아가는 사람.
어째서 비틀거리며
시계처럼 근심스럽게 걷는가.
돌을 던져 뱀을 죽이듯이,
하나의 윤회를 단절하고

의지 없는 적막을 짓밟아라.

아아, 악마보다도 고독하게
너는 빙상의 겨울을 견디는구나!
결코 아무것도 믿지 못하고
너는 믿음에 대한 분노를 안다.
결코 욕정을 부정할 줄 부정을 모르고
네가 욕정으로 삼는 것을 탄핵한다.
어찌해서 다시금 시름에 지쳐
다정하게 안겨 입 맞추던 사람의 집으로 돌아가려는가.
결코 어떤 것도 너는 사랑하지 않고.
어느 것도 다시 결코 너를 사랑하지 않겠지.

아아, 너는 적막한 사람
서글픈 낙일 언덕에 올라
의지 없이 절벽을 떠돌아 다녀도
어디에도 고향 집은 없겠지.
너의 고향 집은 있지 않도다.

　하기와라 사쿠타로는 일본의 근대시인이다. "漂泊者"라고
한 방랑자의 모습을 이렇게 그렸다. 표박과 방랑은 같은 말이
다. 표박자는 육교 밑이고 철로 목책이라고 한 도시 근처에서
시작해 멀리 가서 언덕에 오르고 절벽까지 간다고 했다. 눈과
서리, 겨울을 견디고 서글픈 낙일을 맞이한다고 했다. 방랑하
는 모습을 처절하게 그렸다.
　그런데 방랑자가 자기 자신은 아니다. 방랑자에게 하고 싶은
말을 적었다. 외롭고 괴로워도 사랑을 기대하지 말고, 고향을
찾으려고 하지 않아야 한다고 했다. 바라는 바를 이루지 못한
다고 그 대상을 나무라지 말고 욕정이라고 일컫는 무엇을 바라
는 마음을 단절해야 한다고 했다. "윤회를 단절하고"라고만 해
도 통하는데 "하나의"란 말을 넣어 생각을 더 하게 했다.

윤회를 단절하면 과거에서 미래까지 영원히 이어지는 고통에서 벗어날 수 있다고 했다. 그렇다면, 사람은 누구나 방랑자이다. 방랑이 살아가는 모습이다. 안이한 위안을 찾아 방랑에서 벗어나려고 하지 말고 윤회를 단절하는 결단을 내려야 한다는 불교의 해결책을 제시했다. 방랑의 괴로움에서 벗어나는 위안을 찾으려고 하지는 않고, 이 작품에서는 궁극적인 해결책을 받아들여야 한다고 했다.

말한 바를 알고 나면 의문이 생긴다. 자기는 방랑자가 아닌가? 방랑자를 깨우쳐주는 말을 할 수 있는 자격을 어떻게 얻었는가? 윤회를 단절하면 방랑의 외로움이나 괴로움이 없어진다고 한 말이 지나치지 않는가?

니체 Friedrich Nietzsche, 〈방랑자 Der Wanderer〉

Es geht ein Wand'rer durch die Nacht
Mit gutem Schritt ;
Und krummes Tal und lange Höhn −
Er nimmt sie mit.
Die Nacht ist schön −
Er schreitet zu und steht nicht still,
Weiß nicht, wohin sein Weg noch will.

Da singt ein Vogel durch die Nacht.
"Ach Vogel, was hast du gemacht!
Was hemmst du meinen Sinn und Fuß
Und gießest süßen Herz−Verdruß
In's Ohr mir, daß ich stehen muß
Und lauschen muß −
Was lockst du mich mit Ton und Gruß?"

Der gute Vogel schweigt und spricht:

"Nein, Wandrer, nein! Dich lock' ich nicht
Mit dem Getön.
Ein Weibchen lock' ich von den Höhn –
Was geht's dich an?
Allein ist mir die Nacht nicht schön –
Was geht's dich an? Denn du sollst gehn
Und nimmer, nimmer stille stehn!
Was stehst du noch?
Was tat mein Flötenlied dir an,
Du Wandersmann?"

Der gute Vogel schwieg und sann:
"Was tat mein Flötenlied ihm an?
Was steht er noch?
Der arme, arme Wandersmann!"

어느 방랑자가 밤길을 간다,
걸음을 잘도 걸으면서.
꼬부라진 계곡, 긴 언덕을
데리고 간다.
밤이 아름다워도,
방랑자는 가기만 하고 멈추지 않는다.
어디로 가는 길인지 알지 못하고.

밤인데도 새 한 마리가 노래한다.
"아 새야, 무슨 짓을 하느냐!
어째서 너는 내 생각과 걸음을 방해하고,
마음 괴롭히는 것을
내 귀에다 달콤하게 불어넣어
걸음을 멈추고 듣지 않을 수 없게 하는가,
어째서 소리 내고 인사해 나를 유혹하는가?"

착한 새는 노래를 멈추고 말했다.

"아니다, 방랑자여, 나는 그대를 유혹하지 않는다.
소리를 내서
저 위의 암컷을 유혹하는데,
네가 무슨 상관이냐,
밤이 내게만 아름다운 것은 아니지만,
네가 무슨 상관이냐, 너는 가야 하고,
결코, 결코 멈추지 말아야 한다.
왜 아직도 서 있는가,
내 플루트의 노래가 너에게 어쨌다는 거냐?
너 방랑자여!

착한 새는 노래를 멈추고 생각했다.

"내 플르트의 노래가 너에게 어쨌다는거냐,
왜 아직도 서 있는가,
가엾고, 가여운 방랑자여!"

　니체는 근대독일의 철학자이고 시인이다. 이 시에서 방랑자
가 어떤 사람인지 말했다. 어디로 가는지 알지도 못하면서 밤
길을 가는 사람이 방랑자이다. 밤이 아름다운가 하는 데는 관
심을 두지 않고, 계곡과 언덕을 데리고 가듯이 잘도 걸어간다.

　그런데 제2행에서부터는 차질이 생겼다. 새가 암컷을 유혹
하기 위해 부르는 노래를 듣고 자기를 유혹한다고 착각하다가
새에게서 나무람을 들었다. 방랑자는 멈추지 말고 가던 길을
가야 한다고 새가 말했다. 새가 노래하는 데 귀를 기울이는 것
은 방랑자가 마땅한 자세를 버려 조롱의 대상이 될 만하다.

　제4연에서 "가엾고, 가여운 방랑자여!"라고 한 것은 무슨 뜻
인가? 방랑자가 가엾다는 것이 아니고, 가던 길을 멈추고 마음
이 달라진 방랑자가 가엾다는 말이다. 방랑자는 초지일관해야
하고, 어떤 위안도 기대하지 말아야 한다. 방랑은 도를 닦는 행
위와 같아 계율을 지켜야 존경받는다. 이런 생각을 하게 한다.

자이들Johann Gabriel Seidl, 〈방랑자가 달에게Der Wanderer an den Mond〉

Ich auf der Erd', am Himmel du,
Wir wandern beide rüstig zu:
Ich ernst und trüb, du mild und rein,
Was mag der Unterschied wohl sein?

Ich wandre fremd von Land zu Land,
So heimatlos, so unbekannt;
Berg auf, Berg ab, Wald ein, Wald aus,
Doch bin ich nirgend, ach! zu Haus

Du aber wanderst auf und ab
Aus Ostens Wieg' in Westens Grab,
Wallst Länder ein und Länder aus,
Und bist doch, wo du bist, zu Haus.

Der Himmel, endlos ausgespannt,
Ist dein geliebtes Heimatland;
O glücklich, wer, wohin er geht,
Doch auf der Heimat Boden steht!

나는 땅에, 너는 하늘에 있으면서
우리 둘 다 활기차게 방랑하는데,
나는 심통 우울하고, 너는 온화 순수하니,
도대체 왜 이렇게까지 달라야 하는가?

나는 이곳저곳 방랑하는 나그네,
고향도 없고, 알아보는 이도 없다.
산을 오르내리고, 숲을 드나들어도,
그 어디에도 나의 집은 없구나.

너도 오르내리면서 방랑하지,
동쪽의 요람에서 서쪽의 무덤까지.
이 고장에서 저 고장으로 다니는데,
네가 있는 곳이 너의 집이다.

끝없이 펼쳐져 있는 하늘이
네가 사랑하는 고향이니,
오 행복하여라, 어디를 가든
고향 땅을 밟고 있으면.

　자이들은 오스트리아의 학자이고 작가이다. 이 시에서 방랑
과 실향이라는 일반적인 주제를 자기 나름대로 작품화했다.
이것을 슈베르트가 작곡해 널리 알렸다.

　서술자인 자기와 달은 방랑하는 공통점이 있으면서 차이점
도 두드러진다고 했다. 자기는 불행하고 달은 행복하다고 했
다. "동쪽의 요람에서 서쪽의 무덤까지"라는 말은 어디를 가든
생활이 보장되어 있어 편하게 지낼 수 있다는 말이다. 자기에
게는 아무 보장도 없다고 하려고 한 말이다.

　자기는 아무 데도 고향이 없고, 달은 어디를 가든 가는 곳
이 고향이라고 한 말은 생각해서 이해할 필요가 있다. 둘은 위
치가 달라, 지상의 나그네는 불행하고 하늘의 달은 행복하다
고 한 것은 아니다. 마음을 좁히는가 넓히는가 하는 것이 차이
이다. 마음을 좁히면 아무 데도 고향이 없어 불행하고, 마음을
넓히면 어디든지 고향이어서 행복하다.

헤세Hermann Hesse, 〈흰 구름Weisse Wolken〉

O schau, sie schweben wieder
Wie leise Melodien
Vergessener schöner Lieder

Am blauen Himmel hin!

Kein Herz kann sie verstehen,
Dem nicht auf langer Fahrt
Ein Wissen von allen Wehen
Und Freuden des Wanderns ward.

Ich liebe die Weißen, Losen
Wie Sonne, Meer und Wind,
Weil sie der Heimatlosen
Schwestern und Engel sind.

오 보아라, 구름은 다시
잃어버린 아름다운 노래의
나직한 멜로디처럼,
저 멀리 푸른 하늘로 떠나간다.

구름의 심정 이해하지 못한다.
오랫동안 길을 가면서
방랑의 슬픔과 기쁨을
모두 알지 못하는 사람은.

나는 흰 것들, 정처 없는 것들
해, 바다, 바람을 사랑한다.
그런 것들이 실향민에게는
누나이고 천사이기 때문이다.

 헤세는 독일 현대작가이다. 소설가로 널리 알려졌으나 시도
많이 썼다. 정처없이 떠나가고 싶은 심정을 제1·2연에서는
구름에, 제3연에서는 해·바다·바람에 얹어 나타냈다. "그런
것들이 실향민에게는 누나이고 천사"라고 했다.
 실향민이 된 이유는 말하지 않았으나, 추방된 것은 아니고

스스로 선택한 결과이다. 구름이 "저 멀리 푸른 하늘로 떠나간
다"고 한 데 자기 심정이 나타나 있다. "푸른"은 "희망에 찬"이
라는 뜻이라고 할 수 있다. 살고 있는 고장을 버리고 떠나 방
랑하는 즐거움을 누리면서 희망에 찬 곳으로 간다고 했다. "푸
른 하늘"이 이인로의 지리산, 김소월의 강변과 상통하는 곳이
다.

그러면서도 외로움을 느껴 자연물 가운데 "정처 없는 것들"
을 사랑해 누나나 천사로 삼는다고 했다. 누나를 동반자로 삼
고 싶은 심정이 김소월, 〈엄마야 누나야〉에서와 같다. 거기서
도 탈출에는 외로움이 수반되므로 "엄마야, 누나야"를 불렀다.
이인로, 〈지리산에서 논다〉에서는 외로움이 없었던 것이 아니
다. "건너편 숲에서 흰 원숭이 소리만 들리네"에서 보이지 않
고, 도움이 되지도 않을 짐승을 외로움을 달랠 동반자로 삼았
다. 살고 있던 곳에서 떠나가면 즐겁기만 하지 않고 외롭기도
하다는 것을 헤세는 이 시에서 더욱 분명하게 했다.

케르너Justinus Kerner, 〈방랑자Der Wanderer〉

Die Straßen, die ich gehe,
So oft ich um mich sehe,
Sie bleiben fremd doch mir.
Herberg', wo ich möcht weilen,
Ich kann sie nicht ereilen,
Weit, weit ist sie von hier.

So fremd mir anzuschauen
Sind diese Städt' und Auen,
Die Burgen stumm und tot;
Doch fern Gebirge ragen,
Die meine Heimat tragen,
Ein ewig Morgenrot.

가고 있는 길이
자주 주변을 돌아보아도,
줄곧 낯설기만 하다.
머물 수 있는 숙소를
찾아내지 못할 것 같고,
아주, 아주 멀기만 하다.

너무 낯설기만 하다,
이들 마을이며 들판이며,
옛 성은 말없이 죽어 있고,
저 멀리 산맥이 솟아,
내 고향에 가져다주는 것이
영원한 아침 노을이다.

케르너는 독일 근대시인이다. 이 시에서 길을 떠나가고 있다
고 하면서 "fremd"(낯설다)는 말을 되풀이했다. 중간에 머물
곳은 찾아내지 못할 것 같다고 하고, 향하는 곳이 고향이다.
멀리 있는 산맥이 영원한 아침 노을을 가져다준다고 하는 고향
은 도달하지 못할 이상향이다. 이상향을 찾으려고 방랑의 길
을 떠났다.

조지훈, 〈혼자서 가는 길〉

이제는 더 말하지 않으련다

하고 싶은 말을 다 쏟아놓고
허전한 마음으로, 돌아가는 길 위에는
저녁노을만이 무척 곱구나
소슬한 바람은, 흡사 슬픔과도 같았으나 시장끼 탓이리라
술집의 문을 열고

이제는 더 말하지 않으련다

내 말에 귀를 기울이고
옳다고 하던 사람들도
다 떠나버렸다
마지막 남은 것은 언제나
나 혼자뿐이라서 혼자 가는 길

배신과 질시와 포위망을
그림자같이 거느리고
나는 끝내 원수도 하나 없이
이리 고독하구나

이제는 더 말하지 않으련다
잃어버린 것은 하나 없어도
너무 많이 지쳐있어라
목이 찢어지도록
외치고 싶은 마음을 달래어
휘청휘청
돌아가는 길 위에는
오래 잊었던 이태백(李太白)의
달이 떠 있었다

　조지훈은 한국 현대시인이다. 혼자서 길을 간다고 했다. 자
기에게 동조하던 사람들은 다 떠나고, 원수도 하나 없어 고독
하다고 했다. 외치고 싶은 마음 달래면서 돌아가다고 했다. 인
생의 길을 가면서 절망에 사로잡혀 하는 말이다.

김현승, 〈겨울 나그네〉

내 이름에 딸린 것들
고향에다 아쉽게 버려두고
바람에 밀리던 플라타너스
무거운 잎사귀되어 겨울 길을 떠나리라.

구두에 진흙덩이 묻고
담장이 마른 줄기 저녁 바람에 스칠 때
불을 켜는 마을들은
빵을 굽는 난로같이 안으로 안으로 다스우리라.

그곳을 떠나 이름 모를 언덕에 오르면
나무들과 함께 머리 들고 나란히 서서
더 멀리 가는 길을 우리는 바라보리라.

재잘거리지 않고
누구와 친하지도 않고
언어는 그다지 쓸데없어 겨울 옷 속에서
비만하여 가리라.

눈 속에 깊이 묻힌 지난해의 낙엽들같이
낯설고 친절한 처음 보는 땅들에서
미신에 가까운 생각들에 잠기면
겨우내 다스운 호올로에 파묻히리라.

얼음장 깨지는 어느 항구에서
해동(解凍)의 기적 소리 기적처럼 울려와
땅 속의 짐승들 울먹이고
먼 곳에 깊이 든 잠 누군가 흔들어 깨울 때까지.

김현승은 한국 현대시인이다. 자기에 딸린 것을 다 버리고 겨울날에 길을 떠나도 따뜻한 마음씨를 지니고 자연의 움직임과 하나가 되어 겨울잠을 자듯이 파묻혀 지내리라고 했다. 천지에 생기가 도는 봄이 오면 누가 와서 깨워주리라고 했다. 방랑자를 노래한 예사 시와는 달리 사랑과 신뢰를 간직했다.

제5장
고난을 겪으며

도연명(陶淵明), 〈걸식(乞食)〉

飢來驅我去
不知竟何之
行行至斯里
叩門拙言辭
主人解余意
遺贈豈虛來
談諧終日夕
觴至輒傾杯
情欣新知歡
言詠遂賦詩
感子漂母意
愧我非韓才
銜戢知何謝
冥報以相貽

굶주림이 닥쳐 나를 몰아내는데,
어디로 가야 하는지 모르겠구나.
가다가 이 마을에 이르러
문을 두드리며 말을 더듬는다.
주인은 내가 원하는 것을 헤아리고
먹을 것을 주니 헛걸음이 아니구나.
이야기가 어울려 저물녘까지 가고
술잔이 들어와 즉시 기울인다.
새로 안 사람 권하는 것 마음 기뻐
말을 읊어내 마침내 시를 지었다.
빨래아줌마 같은 당신의 은혜 고맙지만,
내가 한신 같은 재주 없어 부끄럽구려.
마음에 간직하고 어찌 보답하리오,
저승에 가서나 갚아드리오리다.

도연명은 중국 진(晉)나라 시인이다. 가련한 신세를 노래한 시에 이런 것이 있다. 유랑민의 처지가 되어 걸식을 해야 하는 지경에 이르렀다. 후덕한 사람을 만나 허기를 면하고 크게 감사하는 마음을 나타냈다. 한나라 개국공신 한신이 빨래하는 아줌마가 주는 밥을 먹고 허기를 면하고, 나중에 귀하게 되어 크게 보답했다는 일화를 들었다.

두보(杜甫), 〈높이 올라(登高)〉

風急天高猿嘯哀
渚淸沙白鳥飛廻
無邊落木蕭蕭下
不盡長江滾滾来
萬里悲秋常作客
百年多病獨登臺
艱難苦恨繁霜鬢
潦倒新停濁酒杯

바람 급하고 하늘 높고 원숭이 울음 애절한데,
물가 맑고 모래 흰 곳에서 새는 날면서 돈다.
끝없는 나무 잎이 쓸쓸하게 떨어지고,
무한한 장강 물은 도도하게 흐른다.
만리 슬픈 가을 노상 나그네 신세이며,
백년 인생 병 많은 몸으로 높이 오른다.
가난하고 원통해 귀밑털 날로 희어지고,
쇠약한 몸이라 탁주마저 이제 그만이다.

두보는 중국 당나라 시인이다. 이런 시를 지어 나그네의 서러움을 토로했다. 9월 9일 중양절에는 높은 데 올라가 술을 마시는 풍속이 있었다. 높은 데 올라가기는 했으나 나그네 신세여서 흥겹지 않고, 몸이 쇠약해 술을 마시지 못하니 더욱 한탄스럽다.

백거이(白居易), 〈부슬비에 밤길을 간다(微雨夜行)〉

漠漠秋雲起
稍稍夜寒生
但覺衣裳濕
無點亦無聲

가을 구름 막막하게 일어나고,
밤의 한기 차츰차츰 생기는구나.
옷 젖는 것을 느낄 따름이고,
떨어지는 것도 소리도 없네.

  백거이는 중국 당나라 시인이다. 이 시에서 방랑자의 모습을 담담하게 그렸다. 가을 구름 막막하게 일어나고 밤의 한기 차츰차츰 생기는 것을 무릅쓰고 길을 간다. 부슬비에 옷이 젖는 것을 느낄 따름이고, 빗방울이 떨어지지 않고 소리도 없다고 하면서 시련을 겪는 것은 아니라고 한다.

김시습(金時習), 〈늘그막의 생각(晚意)〉

萬壑千峰外
孤雲獨鳥還
此年居是寺
來歲向何山
風息松窓靜
香銷禪室閑
此生吾已斷
棲迹水雲間

만 골짜기 천 봉우리 밖에서
고독한 구름 외로운 새가 돌아온다.

올해는 이 절에서 지내지마는
오는 해에는 어느 산으로 향할까?
바람이 자니 송창이 고요하고
향이 스러져 선실도 한가롭다.
이번 삶을 나는 이미 단념했기에
발자취를 물과 구름 사이에만 남기리라.

한국 조선시대 승려시인 김시습은 이 시에서 물과 구름 사이를 떠도는 방랑자의 심정을 나타냈다. 〈나그네〉(〈有客〉)와 많이 다르다. 승려이므로 어느 절에서라도 거처할 수 있으나 머물러야 할 곳은 없다고 했다. 삶에 대한 기대를 버려 애착을 가져야 할 것도 없다고 했다. 이번 삶은 단념하고 다음 삶으로 넘어가는 폭이 넓은 방랑을 한다고 했다.

김병연(金炳淵), 〈나의 평생 시(蘭皐平生詩)〉

鳥巢獸穴皆有居
顧我平生獨自傷
芒鞋竹杖路千里
水性雲心家四方
尤人不可怨天難
歲暮悲懷餘寸腸
初年自謂得樂地
漢北知吾生長鄕
簪纓先世富貴人
花柳長安名勝庄
隣人也賀弄璋慶
早晚前期冠蓋場
髮毛稍長命漸奇
灰劫殘門飜海桑
依無親戚世情薄

哭盡爺孃家事荒
終南曉鍾一納履
風土東邦心細量
心猶異域首丘狐
勢亦窮途觸藩羊
南州從古過客多
轉蓬浮萍經幾霜
搖頭行勢豈本習
赤口圖生惟所長
光陰漸向此中失
三角靑山何渺茫
江山乞號慣千門
風月行裝空一囊
千金之子萬石君
厚薄家風均試嘗
身窮每遇俗眼白
歲去偏傷鬂髮蒼
歸兮亦難佇亦難
幾日彷徨中路傍

새는 둥지, 짐승도 굴, 거처할 곳 있지만,
내 평생을 돌아보니 너무나 가슴 아파라.
짚신과 대지팡이로 천 리 길 떠돌며
물처럼 구름처럼 사방을 집 삼았네.
남을 탓할 수도 하늘을 원망할 수도 없으나,
해 저무니 창자 마디마디 슬픈 생각이네.
초년엔 즐거운 세상 만난다 생각하고,
한양이 내 자라날 고향으로 여겼지.
집안은 대대로 부귀영화를 누렸고
꽃 피는 장안 명승지에 집이 있었네.
이웃 사람들이 아들 낳았다 축하하고,
조만간 벼슬하리라고 기대했었지.
머리칼 겨우 자라 팔자가 기박해져

뽕밭이 바다가 되듯 집안이 망했네.
의지할 친척 없고 세상인심 박해지고
부친상을 마치자 집안이 황폐해졌네.
남산 새벽 종소리 들으며 신끈을 매고
동방 풍토를 돌아다니며 마음 좋았네.
마음은 타향에서 고향 그리는 여우요,
형세는 울타리에 뿔 박은 양과 같아.
남녘 지방은 옛날부터 과객이 많았다지만,
부평초처럼 떠도는 내 신세 몇 년이던가.
굽실거리는 행세가 어찌 본래 버릇이겠나,
맨입으로 살 길 찾는 솜씨만 가득 늘었네.
이런 가운데 세월을 차츰 잊어 버려
삼각산 푸른 모습이 아득하기만 해라.
강산 떠돌며 구걸한 집이 천이나 되고,
풍월시인 행장은 빈 자루 하나뿐일세.
천금 집안 아들, 만석꾼 부자
후하고 박한 가풍을 고루 맛보았네.
신세가 궁박해져 늘 백안시당하고
세월이 갈수록 머리 희어져 가슴 아프네.
돌아가기도 어렵지만 그만두기도 어려워
중도에 서서 며칠 동안 방황하네.

  김병연은 한국 조선후기의 시인이다. 삿갓을 쓰고 전국을 방
랑해 김립(金笠) 또는 김삿갓이라는 이름으로 널리 알려졌다.
평안도 선천(宣川)의 부사였던 할아버지 익순(益淳)이 홍경래
의 난 때에 투항한 죄로 집안이 멸족을 당하였다. 노복의 구원
으로 형 병하(炳河)와 함께 황해도 곡산(谷山)으로 피신해 공부
하다가 어머니에게로 갔다. 아버지는 화병으로 죽었다. 어머
니는 자식들이 멸시받는 것이 싫어서 강원도 영월로 옮겨 숨
어 살았다. 과거에 응시해 집안 내력을 모르고 할아비지를 조
롱하는 시를 써서 과거에 장원급제하였다가, 할아버지를 욕되

게 한 죄인이라는 자책과 폐족에 대한 멸시 때문에 방랑의 길에 올라 일생을 마쳤다.

"난곡"은 자기 호이다. 자기 일생을 시로 지었다. 할아버지와 관련된 일을 말하지 않고 집안이 몰락하고 형세가 고달프게 되어 방랑의 길을 떠났다고 했다. "過客"이라는 말이 시 본문에 나온다. 과객 노릇을 하면서 방랑했다. 과객은 문자 그대로 지나가는 나그네이다. 어느 마을에서든지 견딜 만한 집에 찾아 들어가 과객이라고 하면 잠자리와 밥을 얻을 수 있었다. 과객은 걸인이 아니었다. 주인과 수작을 하고 시를 지어주기도 했다. 과객으로 일생을 보낼 수 있었던 것은 아직 풍속이 각박하지 않았기 때문이었다.

김병연은 시를 지어 세태를 풍자하고 자기 신세를 한탄했다. 세태 풍자는 말장난으로 이루어진 것이 많고 웃음을 자아내는 것이 대부분이며 신랄하지는 않다. 신세 한탄도 가볍게 하는 것이 예사인데, 이 시에서는 자기 일생을 온통 되돌아보면서 괴로움을 길게 토로했다.

프로스트Robert Frost, 〈눈 내리는 밤 숲가에 멈추어서서Stopping by Woods on a Snowy Evening〉

Whose woods there are I think I know.
His house is in the village though;
He will not see me stopping here
To watch his woods fill up with snow.

My little horse must think it queer
To stop without a farmhouse near
Between the woods and frozen lake
The darkest evening of the year.

He gives his harness bells a shake
To ask if there is some mistake.
The only other sound's the sweep
Of easy wind and downy flake.

The woods are lovely, dark and deep,
But I have promises to keep,
And miles to go before I sleep,
And miles to go before I sleep.

이것이 누구의 숲인지 알 것도 같다.
그 사람은 집이 마을에 있지만.
내가 여기 멈추어 있는 것을 모르리라,
눈 덮인 그 사람의 숲을 바라보면서.

내 조랑말이 이상하게 여기리라,
가까이 농가 하나 없는 곳에 멈춘 것을
숲과 얼어붙은 호수 사이에서,
한 해의 가장 어두운 밤에.

조랑말은 달려 있는 방울을 흔들면서
무슨 착오가 생긴 것은 아닌지 묻는다.
그 밖의 다른 소리를 내는 것은
가벼운 바람과 보송보송한 눈송이뿐이다.

숲은 사랑스럽고 어둡고 깊다.
그러나 나는 지켜야 할 약속이 있다.
잠자기 전에 몇 십 리를 더 가야 한다.
잠자기 전에 몇 십 리를 더 가야 한다.

프로스트는 미국 근대시인이다. 이 작품에서 방랑의 시작을 알렸다. 조랑말을 타고 간다고 해서 떠나는 것이 상상이 아니고 실제 상황임을 분명하게 했다. 아직 멀리 가지 못했다. 마을에 사는 사람이 소유한 숲에 들어선다고 한 말이 절묘한 의미를 지닌다. 마을을 떠나 숲으로 가는 방랑의 길을 택했으나, 마을에 사는 사람이 지배하는 영역에서 벗어나지 못하고 있다고 했다. 상상은 어디까지든지 뻗어나갈 수 있지만, 실행은 순조롭지 않다는 것을 알아차릴 수 있게 했다.

한 해의 가장 어두운 밤이고, 내린 눈이 길을 막아 앞으로 나아가기 어렵다고 한다. 이것은 방랑하면 닥치는 시련과 시련을 이겨내고자 하는 의지를 함께 전한 말이다. 유일한 동반자인 조랑말도 이해하지 못하는 기이한 짓을 하는 것이 자기 자신과 한 약속 이행이라고 했다. 극단의 선택을 한 탓에 비뚤어진 심정으로 험한 말을 한 것은 아니다. 마음이 편안하고, 보이는 것은 모두 아름답다고 했다.

전편이 반어가 아닌 것 같은 반어로 이루어져 있다고 할 수 있다. 미적 범주를 들어 말하면, 표면에 나타나 있는 우아가 친근하게 다가와 그 이면에 가져다 놓은 비장이 심각하지 않게 느껴지도록 한 것이 독자의 마음을 사로잡기 위한 작전이 아닌가 한다. 이 정도에서 멈추지 않고, 반어가 아니라고 해야 한 단계 더 나아간다. 독자가 마을의 집에서 잠들어 있지 않고, 방랑의 동반자 조랑말보다 영리하다면 더 나아갈 수 있다. 엄청난 과업을 선택하고서 힘들다고 소란을 떨지 말고 가벼운 마음으로 조금씩 수행해야 한다고 깨우치는 것을 알아차릴 수 있다.

헤세Hermann Hesse, 〈**눈 속의 방랑자**Wanderer im Schnee〉

Mitternacht schlägt eine Uhr im Tal,
Mond am Himmel wandert kalt und kahl.

Unterwegs im Schnee und Mondenschein
Geh mit meinem Schatten ich allein.

Wieviel Wege ging ich frühlingsgrün,
Wieviel Sommersonnen sah ich glühn!

Müde ist mein Schritt und grau mein Haar,
Niemand kennt mich mehr, wie einst ich war.

Müde bleibt mein dürrer Schatten stehn
Einmal muß die Fahrt zu Ende gehn.

Traum, der durch die bunte Welt mich zog,
Weicht von mir. Ich weiß nun, daß er log.

Eine Uhr im Tal schlägt Mitternacht,
O wie kalt der Mond dort oben lacht!

Schnee, wie kühl umfängst du Stirn und Brust!
Holder ist der Tod, als ich gewußt.

한밤중 골짜기에서 시간은 한 시인데,
벌거숭이 달이 차가운 하늘에서 방랑한다.

눈이 쌓이고 달빛이 비추는 길로
나는 그림자와 함께 외롭게 가고 있다.

푸른 봄 길을 얼마나 자주 다니고,
작열하는 여름 햇빛 얼마나 많이 보았나.

걸음은 지치고 머리카락은 잿빛이다.
예전의 나를 알아볼 사람이 없으리라.

바짝 마른 그림자 피로해서 섰으나,
한 번 택한 이 길 끝까지 가야 한다.

화려한 세상으로 나를 이끌던
꿈은 물러나고, 속은 것을 나는 안다.

한밤중 골짜기에서 시간은 한 시인데,
오, 저 위의 달이 얼마나 차갑게 웃는가!

눈은 얼마나 싸늘하게 이마와 가슴을 감싸나!
내가 알고 있던 것보다 죽음은 상냥하다.

  헤세는 독일 현대 소설가이고 시인이다. 시에서는 방랑자의
처지를 심각하게 노래했다. 앞에서 든 프로스트의 시에서처럼
여기서도 방랑자는 눈 쌓인 밤길을 가고 있다. "푸른 봄"이나
"작열하는 여름"은 지나간 과거이다. 그런 "화려한 세상"으로
이끌어 가던 꿈이 물러나고 속은 것을 안다고 말했다. 늙고 야
위고 지친 몸으로 눈 쌓인 밤길을 가는 것이 방랑자의 처지라
고 했다. 한 번 작정했으니 끝까지 간다고 했다. 죽음에 이르
는 것이 결말이라고 했다.

쉬페르빌Jules Supervielle, 〈외국에서En pays étranger〉

Ces visages sont-ils venus de ma mémoire,
Et ces gestes ont-ils touché terre ou le ciel?
Cet homme est-il vivant comme il semble le croire,
Avec sa voix, cette fumée aux lèvres?
Chaises, tables, bois dur, vous que je peux toucher
Dans ce pays neigeux dont je ne sais la langue,
Poêle, et cette chaleur qui chuchote à mes mains,

Quel est cet homme devant vous qui me ressemble
Jusque dans mon passé, sachant ce que je pense,
Touchant si je vous touche, et comblant mon silence,
Et qui soudain se lève, ouvre la porte, passe
En laissant tout ce vide où je n'ai plus de place?

이들 얼굴은 내 기억에서 왔는가?
몸짓은 어디 닿아 있나, 땅인가 하늘인가?
이 사람은 살아 있다고 생각해 살아 있는가?
목소리, 입술에서 나오는 담배연기와 함께,
의자, 탁자, 딱딱한 나무에나 손을 댈 수 있다.
말을 알 수 없는 이 나라, 눈이 오는 곳에서,
내 손에서 속삭이는 난롯불을 쪼이면서,
그대 앞의 이 사람, 날 닮은 사람은 누구인가?
내 과거에까지 들어가 내 생각을 알고,
내가 그대를 만지니 나를 만지는 사람,
침묵을 완성하더니 갑자기 문을 열고 나가
내가 차지할 수 없는 공백을 남긴 사람.

　쉬페르빌은 프랑스 현대시인이다. 이 시에서 "말을 알 수 없
는 이 나라, 눈이 오는 곳"인 외국에 가니 의식이 혼란되어 자
기가 누군지 알지 못한다고 했다. 자기가 셋으로 나누어져
"나"라는 주체가 "그대"라는 상대방에 "이 사람"이라고 한 대
상에 대해 묻고 대답을 얻지 못한다.
　외국이란 비유일 수 있다. 의식이 혼란된 상태를 외국이라고
했을 수 있다. 일상적이고 관습적인 삶에서 벗어나 나를 되돌
아보기 위해 외국에 가야 한다. 실세의 외국이 아닌 의식의 외
국에라도 가야 한다. 이런 생각을 나타냈다고 생각된다.

아라공Louis Aragon, 〈나는 남의 나라에 이르렀다J'arrive
où je suis étranger〉

Rien n'est précaire comme vivre
Rien comme être n'est passager
C'est un peu fondre comme le givre
Et pour le vent être léger
J'arrive où je suis étranger

Un jour tu passes la frontière
D'où viens-tu mais où vas-tu donc
Demain qu'importe et qu'importe hier
Le coeur change avec le chardon
Tout est sans rime ni pardon

Passe ton doigt là sur ta tempe
Touche l'enfance de tes yeux
Mieux vaut laisser basses les lampes
La nuit plus longtemps nous va mieux
C'est le grand jour qui se fait vieux

Les arbres sont beaux en automne
Mais l'enfant qu'est-il devenu
Je me regarde et je m'étonne
De ce voyageur inconnu
De son visage et ses pieds nus

Peu a peu tu te fais silence
Mais pas assez vite pourtant
Pour ne sentir ta dissemblance
Et sur le toi-même d'antan
Tomber la poussière du temps

C'est long vieillir au bout du compte

Le sable en fuit entre nos doigts
C'est comme une eau froide qui monte
C'est comme une honte qui croît
Un cuir à crier qu'on corroie

C'est long d'être un homme une chose
C'est long de renoncer à tout
Et sens—tu les métamorphoses
Qui se font au—dedans de nous
Lentement plier nos genoux

O mer amère ô mer profonde
Quelle est l'heure de tes marées
Combien faut—il d'années—secondes
A l'homme pour l'homme abjurer
Pourquoi pourquoi ces simagrées

Rien n'est précaire comme vivre
Rien comme être n'est passager
C'est un peu fondre comme le givre
Et pour le vent être léger
J'arrive où je suis étranger

살기보다 위험한 것은 없다.
길손보다 서러운 이는 없다.
서리가 녹는 듯이 지내면서
바람이 잦아들기를 바라고
나는 남의 나라에 이르렀다.

언젠가 너는 경계를 넘으리라.
너는 어디서 와서, 어디로 가는가?
내일이면 어떻고, 어제면 어떤가,
마음은 엉겅퀴처럼 달라진다.

모두들 장단도 없고 용서도 없다.

손가락을 관자놀이로 가져가고
어린 시절의 눈을 건드려 보라.
등불을 낮추는 것이 좋으리라.
긴 밤이 오히려 우리에게 어울린다.
위대한 낮은 늙어가기만 한다.

나무들은 가을에 아름답다.
그런데 아이가 이렇게 자라다니,
나는 쳐다보고, 나는 놀란다.
이 낯선 나그네가 누구인가,
이 얼굴이며, 벗은 발이며.

조금씩 너는 말이 없어지지만,
지나치게 빠르지는 않게 한다.
네가 달라진 것은 느끼지 않고,
그리고 지난날의 너 자신에게
세월의 먼지 떨어지지 않게 한다.

헤아림 끝에 천천히 늙어간다,
손가락들 사이에서 모래가 샌다.
차가운 물이 솟아오르듯이,
부끄러움이 점점 커지듯이,
무두질하는 가죽이 소리를 낸다.

사람이, 물건이 되려면 오래 걸리고,
모든 것을 단념하려면 오래 걸린다.
너는 느낀다, 변화라고 할 것들이
우리 내부 깊숙한 곳에서 일어나

차츰 무릎을 꿇게 만드는 것을.

쓰디쓴 바다, 깊은 바다여,
물이 밀려오는 것은 어느 때인가?
얼마나 많은 길고 짧은 시간이 지나면
사람이 사람이기를 포기하는가?
왜 어째서 거짓으로 꾸미는가?

살기보다 위험한 것은 없다.
길손보다 서러운 이는 없다.
서리가 녹는 듯이 지내면서
바람이 잦아들기를 바라고
나는 남의 나라에 이르렀다.

아라공은 프랑스 현대시인이다. 아라공의 시는 노래이다. 노
래이므로 말을 조금 다듬고 길이를 가지런하게 해서 노래답게
옮겼다. 사는 것이 위태롭고 따분해 남의 나라에 온 것 같다고
했다. 외국이 비유로 쓰인 또 하나의 본보기이다. 어려운 지경
에 이르러 의식의 혼미가 일어난 양상을 보여주느라고, 갖가
지 심상이 순서나 논리 없이 교체시켜 초현실주의의 흔적을 남
기고 있다. 남의 나라에 들어선 낯선 나그네가 자기 자신이다.

제6장
바다를 바라보면서

이근배, 〈서해안〉

무수한 시간들이 밀려와서 부서지고 부서진다.
바다가 우는 것이라고 보면 우는 것이고
아득하다고 하면 하늘 끝은 아득하기만 할 뿐이다.
억새풀아, 억새풀아
태어나서 죽을 때까지 바다의 무엇이 그리운 것이냐.
밀물로 와서 주는 말
썰물로 가면서 남기는 말
모래톱은 씻기우면서 살 부비면서 쌓이고,
지나가면 남는 것은 아무 것도 없다.
다만 한 순간을 보일 뿐인 서해 낙일
타는 숯덩이 같은 해를 바다가 삼킬 때,
세상의 적막이 다시 끓어오르는
외로움의 끝, 끝에서 사는 것이다.

이근배는 한국 현대시인이다. 해안에서 바다를 바라보면서
떠오르는 느낌을 적었다. 바다는 아득하고 허망하며, 적막하고
외로운 곳이라고 했다. 지나가면 아무 것도 없고, 불타는 해가
삼키다가 세상의 적막이 다시 끓어오르는 곳이라고 했다.

유랑하는 나그네나 방랑자는 육지에 머무르지 않고 바다 너
머로 가려고 한다. 해안에 이르려 바다를 바라보는 것이 첫 단
계의 시도이다. 바다를 바라보면서 갖가지 생각을 하는 것이
경이로운 체험의 예고편이다.

워즈워즈William Wordsworth, 〈바닷가에서By the Sea〉

It is a beauteous evening, calm and free;
The holy time is quiet as a nun
Breathless with adoration; the broad sun

Is sinking down in its tranquillity;

The gentleness of heaven is on the sea:
Listen! the mighty Being is awake,
And doth with his eternal motion make
A sound like thunder —everlastingly.

Dear child! dear girl! that walkest with me here,
If thou appear untouched by solemn thought
Thy nature is not therefore less divine:

Thou liest in Abraham's bosom all the year,
And worshipp'st at the Temple's inner shrine,
God being with thee when we know it not.

아름다운 저녁이 말없이 열려 있다.
신성한 시간이 숨죽이고 기도하는
수녀처럼 조용하고, 넓게 퍼진 태양이
조용한 가운데 아래로 내려가고 있다.

하늘이 안온한 모습 바다 위에 있다.
들어보라! 전능하신 존재는 깨어 있다.
영원히 이어지는 그분의 거동으로
천둥 같은 소리를 끝없이 낸다.

귀여운 소년, 소녀, 나와 함께 걷는 너희들이
엄숙한 사상에 사로잡히지 않은 듯해도
너희들 본성은 덜 성스러운 것이 아니다.

너희들은 일 년 내내 아브라함의 품에 안겨
성전 안 깊은 곳의 제단에서 경배하니
하느님은 알지 못할 때에도 너희와 함께 계신다.

워드워즈는 영국 낭만주의 시인이다. 바닷가에서 바다를 바라보면서 떠오르는 상념을 적었다. 바다는 자연의 신비, 신의 섭리를 가장 잘 나타내주는 신성한 장소라고 했다.

바다를 보면서 사람도 신성한 마음씨를 지니고 하느님과 함께 있는 것을 깨달아야 한다고 했다.

바이런George Gordon Byron, 〈**대양**The Ocean〉

Roll on, thou deep and dark blue Ocean, roll!
Ten thousand fleets sweep over thee in vain;
Man marks the earth with ruin; his control
Stops with the shore; upon the watery plain
The wrecks are all thy deed, nor doth remain
A shadow of man's ravage, save his own,
When, for a moment, like a drop of rain,
He sinks into thy depths with bubbling save,
Without a grave, unknelled, uncoffined, and unknown.

His steps are not upon thy paths; thy fields
Are not a spoil for him; thou dost arise
And shake him from thee; the vile strength he wields
For earth's destruction thou dost all despise,
Spurning him from thy bosom to the skies,
And send'st him, shivering in thy playful spray,And howling,
to his gods, where haply lies
His petty hope in some near port or bay,
And dashest him again to earth: there let him lay.

The armaments which thunderstrike the walls
Of rock—built cities, bidding nations quake,
And monarchs tremble in their capitals,
The oak leviathans, whose huge ribs make

Their clay creator the vain title take
Of lord of thee, and arbiter of war,—
These are thy toys, and, as the snowy flake,
They melt into thy yeast of waves, which mar
Alike the Armada's pride or spoils of Trafalgar.

Thy shores are empires, changed in all save thee:
Assyria, Greece, Rome, Carthage, what are they?
Thy waters washed them power while they were free,
And many a tyrant since; their shores obey
The stranger, slave, or savage; their decay
Has dried up realms to deserts: not so thou,
Unchangeable save to thy wild waves' play;
Time writes no wrinkle on thine azure brow;
Such as creation's dawn beheld, thou rollest now.

Thou glorious mirror, where the Almighty's form
Glasses itself in tempests; in all time,
Calm or convulsed; in breeze or gale or storm,
Icing the pole, or in the torrid climeDark−heaving, boundless,
endless, and sublime,—
The image of Eternity, the throne
Of the Invisible; even from out thy slime
The monsters of the deep are made; each zone
Obeys thee; thou goest forth, dread, fathomless, alone.

And I have loved thee, Ocean! and my joy
Of youthful sports was on thy breast to be
Borne, like thy bubbles, onward: from a boy
 I wantoned with thy breakers; they to me
Were a delight; and if the freshening sea
Made them a terror, 't was a pleasing fear,
For I was as it were a child of thee,
And trusted to thy billows far and near,

And laid my hand upon thy mane, as I do here.

굴러가라, 너 깊고 어둡고 푸른 대양이여, 굴러가라!
만 척이나 되는 배가 너를 휩쓸려고 해도 부질없다.
사람은 육지를 폐허로 만들어 더럽히기나 하고,
해안에 이르면 통제할 힘이 없어 걸음을 멈춘다.
바다에다 남긴 업적이 있다고 한다면 난파선뿐이다.
약탈한 흔적이나 남기고, 사람 자신은 사라진다.
어쩌다가 한순간에 떨어지는 빗물과 같은 신세로
신음 소리 거품을 내면서 물속 깊이 가라앉으면,
무덤도, 조종(弔鐘)도, 관도 없으며, 아는 이도 없다.

사람의 발걸음은 너를 밟고 지나가지 못한다.
너의 놀이터는 사람이 더럽힐 곳이 아니다.
너는 벌떡 일어나 사람을 너에게서 떼쳐버린다.
대지를 파괴하는 그 더러운 힘을 너는 경멸한다.
사람을 너의 가슴에서 하늘을 향해 내던져,
장난삼아 뿜는 물보라에서 몸을 떨면서,.
사람은 자기가 섬기는 신들을 향해 울부짖으며
가까운 포구나 만, 행복한 곳으로 가고 싶단다.
그런 사람을 대지로 다시 내던져 쉬도록 한다.

돌로 지은 성채의 벽을 벼락처럼 부수는
강력한 무기는 나라가 진동하도록 하고
군주들이 자기네 수도에서 떨게 만든다.
참나무로 만든 거대한 괴물의 갈비뼈는 그것을 만든
자가 헛된 호칭을 갖게 한다.
바다의 주인, 전쟁의 결정자라고 하지만,
그러나 그것들은 모두 바다의 장난감이라,
눈송이처럼 바다 물결에 녹아들 따름이다.
거만한 스페인 함대, 트라팔가르의 잔해처럼.

해안의 제국들, 대양을 제외하고 모두 변했다.
아시리아, 그리스, 로마, 카르타고, 무엇들인가?
자유로운 동안에는 바다가 힘을 실어 주었으나.
나중에는 수많은 폭군이 해안을 지배하면서
외국인, 노예, 야만인에게 복종을 강요했다.
그 때문에 몰락해 강토가 사막으로 바뀌었다.
바다는 거친 물결로 뛰놀기나 하고 불변이다.
바다의 이마에는 세월이 주름살을 그리지 않는다.
창조의 새벽을 바라보는 듯이, 바다는 굴러간다.

너는 자랑스러운 거울이라, 전능한 하느님이
태풍 속에서도 당신의 얼굴을 비추어 본다.
미풍, 강풍. 폭풍, 그 어느 바람이 불어도,
극지를 얼게 하고, 열대는 무겁게 끌어올리는,
너는 경계가 없고, 종말이 없으며, 숭고하다.
영원의 모습이고, 보이지 않는 것의 왕좌이다.
너의 진흙에서 깊숙한 곳 괴물들이 만들어진다.
어느 영역에 있는 무엇이든 복종하는 너는
두렵고, 헤아릴 수 없고, 고독하게 나아간다.

대양이여, 나는 지금까지 너를 사랑했다.
내 젊은 날을 유쾌하게 하는 즐거움이
너의 가슴에서 거품처럼 솟아올랐다.
아이 적부터 부서지는 파도를 보면서
나도 약동하는 것이 커다란 기쁨이었다.
사납게 움직이는 바다는 두려울 수 있지만,
그것은 즐거움을 느끼게 하는 두려움이다.
나는 너의 아들 같아, 물결에 몸을 맡긴다.
지금 하듯이, 파도의 갈기에 손을 얹는다.

바이런은 영국 낭만주의 시인이다. 낭만적 모험에 관한 장시 〈차일드 해롤드의 편력〉("Childe Harold's Pilgrimage")의 한 대목이 이 시이다. 배를 타고 나가지 않고 바라보기만 하면서 바다를 예찬했다. 거대한 힘으로 무엇이든지 장악할 수 있는 것을 예찬하면서 그렇게 되고 싶은 소망을 간접적으로 나타냈다.

제1·2연과 바다는 사람이 지배할 수 있는 영역이 아니고, 바다에 도전하는 사람에게는 죽음이 있을 뿐이라고 했다. 제3연에서 바다에서 대단한 해전이 벌어졌어도 사람이 바다보다 우세할 수 없다고 했다. 제4연에서 해안에서 전개된 역사를 회고하면서 자유를 추구할 때에는 바다가 힘을 실어주어 번성하던 제국이 폭군의 횡포 탓에 망했다고 했다. 사람은 흥망이 있지만 바다는 무한하다고 했다. 제5연에서는 바다가 전능하고 영원하고 헤아릴 수 없는 하느님의 모습을 했다. 제6연에서는 자기가 바다를 좋아한다고 직접 말했다.

제3연의 "oak leviathans"(참나무로 만든 거대한 괴물)는 선박을 말한다. 거대한 선박은 갈비뼈라고 할 수 있는 부분이 강해 전투에서 우세하다고 했다. "clay creator"는 거대한 선박을 만든 주인을 일컫는데, 사람은 흙으로 만들었다는 내력을 들어 연약한 존재임을 말하려고 "clay"를 붙였다. "clay creator"를 직역해서는 이런 의미를 알기 어렵고 혼란만 생기므로 적절하게 의역하고 설명을 붙인다. "Armada"는 함대를 뜻하는 스페인어이므로 "스페인 함대"라고 옮겼다. "Trafalgar"는 영국 함대가 나폴레옹 해군과 싸워 이긴 곳이다.

제5연의 "the throne of the Invisible"은 마땅한 의역이 없어 "보이지 않는 것의 왕좌"라고 직역했다. 모습을 나타내지 않고 신비스러운 무엇이 있는 줄 알게 하는 데 바다가 으뜸이어서 임금의 자리에 앉아 있는 것과 같다는 말이다.

테니슨Alfred Tennyson, 〈부서진다, 부서진다, 부서진다
Break, break, break〉

Break, break, break,
On thy cold gray stones, O Sea!
And I would that my tongue could utter
The thoughts that arise in me.

O, well for the fisherman's boy,
That he shouts with his sister at play!
O, well for the sailor lad,
That he sings in his boat on the bay!

And the stately ships go on
To their haven under the hill;
But O for the touch of a vanish'd hand,
And the sound of a voice that is still!

Break, break, break
At the foot of thy crags, O Sea!
But the tender grace of a day that is dead
Will never come back to me.

부서진다, 부서진다, 부서진다.
너의 차디찬 회색 바위에서, 오 바다여!
그런데 나는 내 입으로 나타낼 수 없구나,
내게 떠오르는 생각을.

오 좋구나, 어부의 아들은
누나와 놀면서 소리 지르네.
오 좋구나, 젊은 선원
항만에서 보트 타고 노래하네.

웅장한 배들은 앞으로 나간다,
언덕 아래의 휴식처를 향해.
그런데 오, 사라져버린 손의 감촉,
조용해져 들리지 않는 목소리.

부서진다, 부서진다, 부서진다.
너의 벼랑 밑에서, 오 바다여!
그런데 사라져버린 날의 행복은
다시는 내게 돌아오지 않으리.

테니슨은 영국 근대시인이다. 이 시에서 번민을 안고 바다
로 갔다고 했다. "부서진다, 부서진다, 부서진다"라는 말을 되
풀이해 바다의 물결이 시원하게 부서지는 모습을 보고 감격했
다. 바다에서 사는 사람들은 행복하고, 바다에서 떠가는 배는
당당하다고 했다.

그러나 자기는 바닷가에까지 가서 바다를 바라보기만 해서
는 번민을 해소하지 못한다고 했다. 할 말을 하지 못한다고 하
고, 그리움만 남기고 사라진 사람들을 잊지 못한다고 하고, 행
복한 날은 사라지고 돌아오지 않는다고 했다. 바다에 가서 번
민에서 벗어나고자 하는 시도는 실패로 끝났다. 탈출의 염원
이 이루어지지 않았다.

오든W. H. Auden, 〈이 섬에서On This Island〉

Look, stranger, on this island now
The leaping light for your delight discovers,
Stand stable here
And silent be,
That through the channels of the ear
May wander like a river

The swaying sound of the sea.

Here at a small field's ending pause
Where the chalk wall falls to the foam and its tall ledges
Oppose the pluck
And knock of the tide,
And the shingle scrambles after the sucking surf, and a gull lodges
A moment on its sheer side.

Far off like floating seeds the ships
Diverge on urgent voluntary errands,
And this full view
Indeed may enter
And move in memory as now these clouds do,
That pass the harbour mirror
And all the summer through the water saunter.

보아라, 나그네여, 약동하는 빛이 지금
그대를 기쁘게 하려고 드러내는 섬을.
여기 움직이지 않고 서서
가만히 있으라.
귓속 통로로
출렁대는 바다 소리가
강물처럼 흘러 들어오리라.

여기 작은 들판의 끝에서 멈추어 서서
백악의 절벽이 파도 위에 엎어지고,
높은 선빈이 다격에 맞서고
물결을 꺾어놓고
조약돌이 빨려드는 파도를 따라 재빨리 움직이고,
 갈매기가
가파른 곳에서 잠시 머무는 때를.

저 멀리 떠도는 씨앗들처럼 배들은
저마다 바쁜 일이 있어 흩어져 간다.
그리고 이 전경이
정말 기억 속에 들어가
움직이리라, 마치 이 구름이
항구의 거울을 지나고
온 여름 동안 물 위에서 어슬렁거리듯이.

　오든은 영국 출신의 미국 현대시인이다. 착상이 기발한 시를
쓰는 것을 즐겼다. 여기서는 "보아라, 나그네여"라는 말을 앞
세워, 바다가 다채롭게 약동하는 모습을 그리는 데 그치는 범
속한 시는 아니게 했다. 바다와 나그네는 무슨 관계인가? 나그
네가 찾아 헤매는 것들이 바다에는 다 있다고 했다. 바다는 탈
출의 지향점이고, 모험의 도달점이라고 했다.

　원래의 제목은 〈보아라, 나그네여〉("Look, Stranger")여서
나그네에게 하는 말임을 강조했다. 제목을 〈이 섬에서〉라고
고쳐 바다의 모습에 더욱 관심을 가지게 했다. 나그네로 방랑
하던 시기를 지나 발견의 기쁨을 누리는 것이 더욱 긴요하다고
생각하고 제목을 고쳤다고 생각된다.

아놀드Matthew Arnold, 〈**도버 해협**Dover Beach〉

The sea is calm tonight.
The tide is full, the moon lies fair
Upon the straits; on the French coast the light
Gleams and is gone; the cliffs of England stand,
Glimmering and vast, out in the tranquil bay.
Come to the window, sweet is the night-air!
Only, from the long line of spray
Where the sea meets the moon-blanched land,
Listen! you hear the grating roar

Of pebbles which the waves draw back, and fling,
At their return, up the high strand,
Begin, and cease, and then again begin,
With tremulous cadence slow, and bring
The eternal note of sadness in.

Sophocles long ago
Heard it on the Aegean, and it brought
into his mind the turbid ebb and flow
Of human misery; we
Find also in the sound a thought,
Hearing it by this distant northern sea.

The Sea of Faith
Was once, too, at the full, and round earth's shore
Lay like the folds of a bright girdle furled.
But now I only hear
Its melancholy, long, withdrawing roar,
Retreating, to the breath
Of the night—wind, down the vast edges drear
And naked shingles of the world.

Ah, love, let us be true
To one another! for the world, which seems
To lie before us like a land of dreams,
So various, so beautiful, so new,
Hath really neither joy, nor love, nor light,
Nor certitude, nor peace, nor help for pain;
And we are here as on a darkling plain
Swept with confused alarms of struggle and flight,
Where ignorant armies clash by night.

바다는 오늘 밤 고요하다.
조수는 만조이고, 달은 해안에

반듯이 누워 있다. 프랑스 해안에서 빛이
비추다가 사라진다. 영국 쪽의 절벽은
빛나면서 거대하게 서 있다, 고요한 만 저쪽에서.
창가로 오너라, 밤공기가 감미롭구나.
오직, 길게 뻗은 물보라에서
바다가 달빛으로 흰 육지와 만나는 곳에서,
들어보아라! 자갈들이 들고 나는 물결에 문질러져
으르렁거리는 소리가 들린다.
바닷가 높은 곳을 올라 돌아가느라고 날린다.
시작하고 멈추고 다시 시작한다.
천천히 울리는 박자로,
영원한 애조를 자아낸다.

소포클레스는 오래전에
바다의 소리를 에게해에서 들었다.
바다는 소포클레스의 마음에 인간의 비참함,
그 혼탁한 밀물과 썰물을 가져다주었다.
우리는 우리 나름대로 생각에 잠긴다,
북쪽 해안에서 바다의 소리를 들으면서.

신념의 바다는
한때 지구를 감싸고 가득 차오르기도 했다,
눈부신 거들을 접어놓은 것처럼 가로누워.
그런데 지금은 우울하게
으르렁거리는 소리만 길게 들린다.
밤바람의 숨결에 실려 넓고 침울한 가장자리로,
세상 지붕의 칠하지 않은 널빤지로
물러나는 소리만 들린다.

아, 그대여, 우리는 서로

진실하게 살자.
우리 앞에 다채롭고, 아름답고, 새롭게
꿈나라인 듯이 펼쳐져 있는 세계는
실제로 기쁨도, 사랑도, 빛도
확실성도, 평화도, 고통 해소책도 없으니.
우리는 여기 어둠에 잠긴 전쟁터에,
공격과 퇴각의 나팔 소리가 뒤섞이면서,
서로 모르는 군대가 밤에 충돌하던 곳에 있으니.

아놀드는 영국 근대시인이다. 이 시를 아놀드의 대표작으로
내세워, 영국에서 대단하게 여긴다. 영국은 해양국가여서 바
다를 노래한 시가 흔한데, 이것은 조금 색다르다. 서술자인 시
인이 배를 타고 바다로 나가 마냥 즐거워하지 않고, 해안에서
영불해협을 바라보면서 우울한 느낌을 가졌다. 바다를 탈출의
통로가 아닌 상념의 대상으로 삼아, 청년의 열정과는 거리가
있는 노년의 지혜를 보여주려고 했다고 할 수 있다.

서두에서 바다의 모습을 그리면서 물결이 밀려오고 밀려가
애조를 자아낸다고 해서 가벼운 서정시로 여기고 친근하게 다
가가도록 유도했다. 독자를 안으로 들어오게 하고서는, 바다
를 바라보면서 얻은 복잡한 생각을 펼쳤다. 충만하던 바다가
이제 해안에서 으르렁거리기나 하듯이, 자기도 원대한 포부를
잃고 가까운 곳에서 머뭇거리고 있어 만감이 교차된다고 한 것
이 아닌가 하고 이해할 만한 언사를 자못 장황하게 늘어놓았
다. 말을 쉽게 하지 않고 이리저리 꼬았다. 문화가 세련된 정
도에서 다소 열등의식을 느끼는 영국인이 자기 나라에도 영어
로 말하면 "sophisticated", 번역하면 "까다롭고 정교한" 시가
있다고 자랑할 수 있게 했다.

"신념의 바다는 한때 지구를 감싸고 가득 차오르기도 했다"
는 것이 긴요한 대목인데, 선명하게 이해하기 어렵게 써 놓았
다. "Faith"는 기독교 "신앙"이라고 하고, 신앙이 사람들이 화

합하고 삶의 의의가 충만하게 했던 때를 말한다는 해석이 유행하는데, 적절한지 의문이다. 자기 나라 영국이 강국의 자부심을 가지고 위세를 널리 떨친 것을 말했다고 보면 실망스러워 물러나고 싶다. 시인 자신이 한때 자기 나름대로의 신념을 가지고 꿈을 크게 키웠다고 말했다면 친근감을 가지고 다가갈 수 있다.

그 정도에 그친 것은 아니라고 더 생각해볼 수 있다. 바다에서 '흥망성쇠'의 이치를 확인할 수 있다고 했다면, 뜻이 깊다고 할 만하다. '흥'이 '망'으로 '성'이 '쇠'로 기울어져 바다가 "우울하게 으르렁거리는 소리만 길게 들린다"고 한 것이 어느 정도 철학적인 의미를 지닌다고 인정할 수 있다. 수준 높은 시를 쓰고자 하는 목적을 일단 달성했다.

마지막 연에서는 역사를 되돌아보고 나라 사이의 관계를 생각했다. 눈앞에 펼쳐져 있는 곳이 아름다운 것 같지만, 수많은 전투가 벌어졌던 현장임을 알아야 한다고 했다. 기쁨이나 사랑, 평화나 고통 해소를 안이하게 기대하지 말고, "우리는 서로 진실하게 살자"고 했다. 이렇게 말한 "우리"가 시인과 동반자라고 하면 싱겁게 끝나 실망을 준다. "우리"는 여러 나라 사람이고, 더 크게 생각하면 인류이기도 하다고 이해해야 대단한 시일 수 있다.

발레리Paul Valéry, 〈**해변의 묘지**Le cimetière marin〉

Ce toit tranquille, où marchent des colombes,
Entre les pins palpite, entre les tombes;
Midi le juste y compose de feux
La mer, la mer, toujours recommencée
O récompense après une pensée
Qu'un long regard sur le calme des dieux!

Quel pur travail de fins éclairs consume
Maint diamant d'imperceptible écume,
Et quelle paix semble se concevoir!
Quand sur l'abîme un soleil se repose,
Ouvrages purs d'une éternelle cause,
Le temps scintille et le songe est savoir.

Stable trésor, temple simple à Minerve,
Masse de calme, et visible réserve,
Eau sourcilleuse, Oeil qui gardes en toi
Tant de sommeil sous une voile de flamme,
O mon silence! ... Édifice dans l'âme,
Mais comble d'or aux mille tuiles, Toit!

Temple du Temps, qu'un seul soupir résume,
À ce point pur je monte et m'accoutume,
Tout entouré de mon regard marin;
Et comme aux dieux mon offrande suprême,
La scintillation sereine sème
Sur l'altitude un dédain souverain.

Comme le fruit se fond en jouissance,
Comme en délice il change son absence
Dans une bouche où sa forme se meurt,
Je hume ici ma future fumée,
Et le ciel chante à l'âme consumée
Le changement des rives en rumeur.

Beau ciel, vrai ciel, regarde-moi qui change!
Après tant d'orgueil, après tant d'étrange
Oisiveté, mais pleine de pouvoir,
Je m'abandonne à ce brillant espace,
Sur les maisons des morts mon ombre passe
Qui m'apprivoise à son frêle mouvoir.

L'âme exposée aux torches du solstice,
Je te soutiens, admirable justice
De la lumière aux armes sans pitié!
Je te tends pure à ta place première,
Regarde−toi!... Mais rendre la lumière
Suppose d'ombre une morne moitié.

O pour moi seul, à moi seul, en moi−même,
Auprès d'un coeur, aux sources du poème,
Entre le vide et l'événement pur,
J'attends l'écho de ma grandeur interne,
Amère, sombre, et sonore citerne,
Sonnant dans l'âme un creux toujours futur!

Sais−tu, fausse captive des feuillages,
Golfe mangeur de ces maigres grillages,
Sur mes yeux clos, secrets éblouissants,
Quel corps me traîne à sa fin paresseuse,
Quel front l'attire à cette terre osseuse?
Une étincelle y pense à mes absents.

Fermé, sacré, plein d'un feu sans matière,
Fragment terrestre offert à la lumière,
Ce lieu me plaît, dominé de flambeaux,
Composé d'or, de pierre et d'arbres sombres,
Où tant de marbre est tremblant sur tant d'ombres;
La mer fidèle y dort sur mes tombeaux!

Chienne splendide, écarte l'idolâtre!
Quand solitaire au sourire de pâtre,
Je pais longtemps, moutons mystérieux,
Le blanc troupeau de mes tranquilles tombes,
Éloignes−en les prudentes colombes,
Les songes vains, les anges curieux!

Ici venu, l'avenir est paresse.
L'insecte net gratte la sécheresse;
Tout est brûlé, défait, reçu dans l'air
A je ne sais quelle sévère essence ...
La vie est vaste, étant ivre d'absence,
Et l'amertume est douce, et l'esprit clair.

Les morts cachés sont bien dans cette terre
Qui les réchauffe et sèche leur mystère.
Midi là-haut, Midi sans mouvement
En soi se pense et convient à soi-même
Tête complète et parfait diadème,
Je suis en toi le secret changement.

Tu n'as que moi pour contenir tes craintes!
Mes repentirs, mes doutes, mes contraintes
Sont le défaut de ton grand diamant! ...
Mais dans leur nuit toute lourde de marbres,
Un peuple vague aux racines des arbres
A pris déjà ton parti lentement.

Ils ont fondu dans une absence épaisse,
L'argile rouge a bu la blanche espèce,
Le don de vivre a passé dans les fleurs!
Où sont des morts les phrases familières,
 L'art personnel, les âmes singulières?
La larve file où se formaient les pleurs.

Les cris aigus des filles chatouillées,
Les yeux, les dents, les paupières mouillées,
Le sein charmant qui joue avec le feu,
Le sang qui brille aux lèvres qui se rendent,
Les derniers dons, les doigts qui les défendent,
Tout va sous terre et rentre dans le jeu!

Et vous, grande âme, espérez—vous un songe
Qui n'aura plus ces couleurs de mensonge
Qu'aux yeux de chair l'onde et l'or font ici?
Chanterez—vous quand serez vaporeuse?
Allez! Tout fuit! Ma présence est poreuse,
La sainte impatience meurt aussi!

Maigre immortalité noire et dorée,
Consolatrice affreusement laurée,
Qui de la mort fais un sein maternel,
Le beau mensonge et la pieuse ruse!
Qui ne connaît, et qui ne les refuse,
Ce crâne vide et ce rire éternel!

Pères profonds, têtes inhabitées,
Qui sous le poids de tant de pelletées,
Êtes la terre et confondez nos pas,
Le vrai rongeur, le ver irréfutable
N'est point pour vous qui dormez sous la table,
Il vit de vie, il ne me quitte pas!

Amour, peut—être, ou de moi—même haine?
Sa dent secrète est de moi si prochaine
Que tous les noms lui peuvent convenir!
Qu'importe! Il voit, il veut, il songe, il touche!
Ma chair lui plaît, et jusque sur ma couche,
À ce vivant je vis d'appartenir!

Zénon! Cruel Zénon! Zénon d'Élée!
M'as—tu percé de cette flèche ailée
Qui vibre, vole, et qui ne vole pas!
Le son m'enfante et la flèche me tue!
Ah! le soleil ,,, Quelle ombre de tortue
Pour l'âme, Achille immobile à grands pas!

Non, non! ... Debout! Dans l'ère successive!
Brisez, mon corps, cette forme pensive!
Buvez, mon sein, la naissance du vent!
Une fraîcheur, de la mer exhalée,
Me rend mon âme... O puissance salée!
Courons à l'onde en rejaillir vivant.

Oui! grande mer de délires douée,
Peau de panthère et chlamyde trouée,
De mille et mille idoles du soleil,
Hydre absolue, ivre de ta chair bleue,
Qui te remords l'étincelante queue
Dans un tumulte au silence pareil

Le vent se lève!... il faut tenter de vivre!
L'air immense ouvre et referme mon livre,
La vague en poudre ose jaillir des rocs!
Envolez-vous, pages tout éblouies!
Rompez, vagues! Rompez d'eaux réjouies
Ce toit tranquille où picoraient des focs!

비둘기들이 걸어다니는 이 고요한 지붕이
소나무 사이에서, 무덤 사이에서
반짝인다. 정의인 정오가 그곳에서 불로써 짠다.
언제나 다시 시작하는 바다, 바다를
오, 오랜 생각을 한 다음 얻는 보상,
여러 신의 고요함을 바라보는 긴 시선이여!

여린 섬광의 어떤 순수한 작업이
미묘한 거품의 수많은 금강석을 태우는가. 그리고 어떤
평화가 떠오르는 것 같은가!
심연 위에서 태양이 휴식하고 있을 때
영원한 원인에서 이루어진 순수한 결실,

시간은 반짝이고, 꿈이 지혜이다.

견고한 보석, 미네르바에 바친 조촐한 신전,
고요한 더미, 보이는 축적,
격앙된 물, 그 눈이 얼마나 많은
잠을 간직했는가, 불꽃 장막 아래에.
오 나의 침묵이여!... 내 영혼 속의 구조물,
그러나 수많은 황금기와가 넘치는, 지붕이여!

시간의 사원을 숨을 한 번 쉬어 감싼다.
이 순수한 지점에 올라와 익숙해진다.
바라다 보이는 바다의 광경에 둘러싸여
내가 신들에게 바치는 최상의 봉헌 같은
청명한 반짝임이 드높은 곳에서
최고 수준 멸시의 씨를 뿌린다.

과일은 맛있게 먹으면 녹아버리듯이,
없어진 것이 즐거움으로 바뀌듯이,
해체된 형체가 죽어버린 입속으로,
나는 여기서 미래의 기운을 흡입한다.
소진된 영혼에게 하늘이 들려준다,
해안이 달라졌다는 노래를 큰 소리로.

아름답고 진실한 하늘이여, 변하는 나를 보라!
지금까지는 얼마나 많이 오만하게 굴고,
이상한 무위를 용을 쓰며 고집했던가.
이제 이 빛나는 공간에 온몸을 던지니,
망자들의 집 위로 지나가는 내 그림자가
가벼운 움직임으로 나를 길들인다.

하지의 햇불에 내맡겨진 영혼이여,
나는 너를 찬란할 만한 정의라고 섬긴다.
가차 없는 무기를 지닌 광명이여,
나는 너를 처음의 순수한 자리로 보낸다.
너를 보라! ... 그러나 빛으로 되돌아가면
다른 반쪽 어두운 그림자를 인정해야 한다.

오 나만을 위해, 나에게만, 나에게서,
가슴 결에서, 시의 원천에서,
허공과 순수한 사건 사이에서,
나는 내 위대한 내면의 메아리를 기다린다.
쓰디쓰고 어둡고 반향 잘 되는 웅덩이에서
공허한 미래를 위해 울리는 마음의 소리를.

너는 아는가, 나뭇잎들의 가짜 포로여,
앙상한 철책들을 갉아먹는 물굽이여,
감고 있는 내 눈 위의 눈부신 비밀이여,
어느 육신이 나를 게으른 종말로 운반하는가,
어느 이마가 나를 이 울퉁불퉁한 땅으로 이끄는가?
한 가닥 섬광이 이곳에서 내 부재를 생각한다.

폐쇄되고, 신성하고, 물질 없는 불이 가득한,
광명에 헌납된 지구의 한 조각,
나를 기쁘게 하는 이곳, 햇불에 지배되고,
황금이며 돌이며 어두운 나무로 구성되고,
수많은 대리석이 수많은 그림자 위에서 떠는 곳에서
충직한 바다가 내 무덤 위에서 잠잔다.

빛나는 암캐여, 우상 숭배를 멀리 하라!
내가 고독하게 목동의 미소를 지으며

오랫동안 묘지를 둘러싸고 있는 흰 무리,
신비스러운 양떼를 기르고 있을 때에는,
물러가거라 조심스러워하는 비둘기들,
헛된 꿈이나 호기심에 들뜬 천사들도.

여기까지 오니, 미래 생각은 아득하다.
정결한 곤충이 마른 것들을 긁어댄다.
모두 불타고, 허물어지고, 공중으로 날아가
나는 모르는 어떤 준엄한 본질에 흡수된다.
존재하지 않는 것에 도취되면 인생은 드넓다.
어떤 고통이라도 감미롭고, 정신은 맑다.

죽은 이들은 땅에 묻혀 있으면 편안하다.
땅이 그들을 덮혀주고, 신비를 고갈시킨다.
저 위의 정오, 움직이지 않는 정오,
스스로 생각하고 자기에게 어울리는 것을 선택한
전능한 머리, 완벽한 왕관이여,
나는 네 안의 비밀스러운 변화이다.

너는 나를 근심거리로 삼는가!
나의 후회, 나의 의심, 나의 속박은
네 거대한 금강석의 흠집인가!..
무거운 대리석으로 억눌린 밤에,
나무뿌리에 얽혀 있는 못난이들도
천천히 너를 따르는 무리가 된다.

망자들이 자취를 감춘 곳 밀도가 짙다.
붉은 진흙이 흰 종족을 들이마셨다.
생존의 혜택이 꽃으로 변하고 말았다.
망자들의 친근한 말, 개인적인 기량,

독특한 마음씨, 모두 어디 있는가?
꽃이 핀 데서 구더기가 기어다닌다.

간지럼 타는 소녀들의 날카로운 외침,
눈이며, 이빨이며, 젖은 눈꺼풀,
정념을 불태우던 매혹적인 가슴,
마주치는 입술에서 반짝이던 핏줄,
손가락에 끼고 있던 마지막 선물,
모두 땅에 들어가 장난거리가 되었다.

그대 위대하다는 영혼이여, 그대는 아직도
바라는가, 채색된 거짓말에 지나지 않는 꿈을,
육신의 눈에 금빛 물결이 만들어내는 것을?
연기처럼 사라질 때에도 그 노래를 하겠는가?
가라! 모두 꺼져라! 내 존재에는 구멍이 많아,
거룩한 조바심마저도 다 죽는다.

빛난다고 하지만 검고 야윈 불멸,
월계관을 어마어마하게 쓴 위안자가
죽음 앞에서 어머니 젖가슴 노릇을 하는 것은
아름다운 거짓말이고, 경건한 사기술이다!
누가 모르고, 누가 거절하지 않으랴,
이 텅 빈 해골, 이 영원한 웃음!

깊이 묻힌 조상들, 텅 빈 머리들이,
그 많은 삽질의 무게에 눌린 흙이 되어
우리가 지나가는 발걸음도 분간하지 못한다.
진정한 침식자, 어떻게 할 수 없는 구더기는
무덤 돌 아래 잠든 당신들을 위해 있지 않고,
그 나름대로 살고, 나를 떠나지 않는다.

자기를 사랑하는가, 미워한단 말인가?
구더기의 비밀스러운 이빨이 아주 가까이 있다,
그 어떤 이름이라도 이 녀석에게 어울리리라.
무슨 상관인가! 이 녀석도 보고, 원하고, 꿈꾸고, 만진다.
내 살이 마음에 들어, 침상까지 다가와
나를 자기에게 소속되게 하려고 한다.

제논이여! 잔인한 제논! 엘레아의 제논!
너는 날개 달린 화살, 떨리면서 날지만
날지 않는 화살로 나를 꿰뚫는가!
소리에서 생명을 얻은 나를 화살로 죽이는가!
아! 태양이여... 영혼에 무슨 거북의 그림자인가,
큰 걸음으로 걸어도 움직이지 않는 아킬레스.

아니다, 아니다! ... 일어서자! 긴 시간 지속 속에서,
내 신체여, 이런 사고의 틀을 부셔라!
내 가슴이여, 탄생하는 바람을 마셔라!
숨 내뿜는 바다에서 오는 시원한 느낌이
내 영혼을 되돌려준다... 오 짠 맛의 힘이여!
파도로 달려가 다시 힘차게 솟구치자.

그렇다! 광란을 타고난 위대한 바다여,
표범의 가죽, 구멍 난 외투를 만들면서
천만 가지로 나타나는 태양의 모습,
절대자 히드라가 푸른 몸으로 광란하며
반짝이는 꼬리를 스스로 물어뜯으면서
침묵과 같은 소동을 벌리는구나.

바람이 불어온다! 살려고 애써야 한다!
엄청난 공기가 내 책을 열고 닫는다.

물결이 바위에서 가루가 되어 솟구친다.
날아가거라 눈부신 책장들이여!
부셔라 파도여! 희열하는 물로 부셔라,
삼각돛들이 모이를 쪼는 이 고요한 지붕을!

발레리는 프랑스 시인이며, 상징주의의 완성자이다. 이 시에서 배를 타고 나가지는 않고, 묘지가 있는 해안에서 바다를 바라보기만 하면서 많은 생각을 한 시이다. 바다는 삶을, 묘지는 죽음을 말해준다고 했다. 삶에서 죽음으로 나아가 절망에 사로잡히고, 죽음에서 삶으로 나와 희망을 가진다고 하는 궤적을 보여주었다.

느낌이나 상상을 사실인 듯이 말하면서, 미묘하게 가다듬은 어구에 많은 뜻을 함축했다. 독자를 괴롭히려고 작정하고 쓴 난해시이지만, 겁을 먹고 물러난 것은 아니다. 수학 문제를 푸는 것 같은 추리를 치밀하게 하면 무엇을 말하는지 꿰뚫어볼 수 있다. 숨겨놓은 정답이 따로 없으니 주눅이 들지 말아야 한다. 번역을 적절하게 해서 이해의 어려움을 줄이고자 한다.

제1연의 "비둘기들이 걸어다니는 이 고요한 지붕"은 고요한 바다를 말한다. 흰 물결을 "비둘기들"이라고 했다. "정의인 정오"는 정오의 태양이 하늘 한가운데 떠서 시비를 분명하게 가리는 정의를 실현하는 듯이 보이는 것을 말한다. "여러 신의 고요함"은 바다의 모습이다. 바다에서 보이는 것들이 모두 신성하고 고요하다는 말이다. 신성하고 고요한 바다에서 오랜 생각을 하고 멀리까지 바라본다고 했다.

제2연의 "여린 섬광의 어떤 순수한 작업이 미묘한 거품의 수많은 금강식을 태우는가"는 햇빛에 비디기 반짝이면서 거품을 내는 것을 보고 하는 말이다. 그 광경이 "어떤 순수한 작업"을 하는 것 같다고 했다. "영원한 원인에서 이루어진 순수한 결실, 시간이 반짝이고"는 지금 이 시간에 반짝이는 것이 무언지 모를 영원한 원인에서 이루어진 순수한 결실 같이 느껴진다는 말이다. 이런 생각을 하니 꿈꾸는 듯한 지혜를 얻었다고 "꿈이 지혜이다"라고 했다. 바다를 바라보면서 얻는 철학적 사고가 깊어지기 시작했다.

제3연의 "미네르바"는 지혜의 여신이다. 반짝이면서 솟구친 물이 커다란 눈으로 보이고, 지혜를 꿈꿀 수 있는 잠을 얼마나 간직했는가 묻고, 그것은 자기가 침묵으로 이룩한 영혼의 구조물이라고 여기다가 피아가 분리되었다. 그것은 황금기와가 빛나는 지붕, 제1연에서 말한 지붕이 더욱 빛나는 것임을 알았다. 제4연에서는 자기가 반짝이는 물결과 함께 높이 올라갔다고 생각하고, 내려다보이는 모든 것에 경멸을 보낸다고 했다.

제5연에서는 즐거움이 절정에 이른 것을 갖가지 감각을 사용하는 비유로 나타냈다. 바다에서 얻은 즐거움을 감미로운 과일을 먹듯이 입속의 감각으로 한껏 누리면서 미래의 기운을 흡입하기까지 했다는 것은 미각을 사용한 비유이다. 해안이 달라졌다고 하늘이 크게 노래하는 소리가 들린다고 한 데서는 시각과 청각을 사용했다. 즐거움은 먼저 미각으로 누리고, 시각과 청각은 그 다음이라고 했다.

제6연에서는 즐거움이 절정에 이르자, 아집을 포기하기로 한다고 했다. 자기 나름대로의 오만이나 고집을 버리고 자연의 변화에 순응하리라고 하늘에게 맹세하고, 묘지 위로 지나가는 자기 그림자를 보고 덧없는 삶이 죽음에 이르는 것이 당연하다고 받아들였다. 여기서 "해변의 묘지"라는 제목의 의미가 나타난다. 제7연에서는 자기 각성을 얻은 자기 영혼이 정의이고, 광명이고, 무기라고 하다가, 광명의 이면에는 어둠이 있는 것을 알아야 한다고 했다. 제8연에서는 자기 내부로 침잠해 내면의 소리를 듣는다고 했다.

제9연의 "나뭇잎들의 가짜 포로여"는 묘지가 나뭇잎들에 사로잡힌 것처럼 보여 하는 말이다. 묘지의 "앙상한 철책들"을 바다의 물굽이가 갉아먹는다고 했다. "게으른 종말"은 죽음이다. 마지못해 가므로 게으르다고 했다. 자기가 죽게 된다는 깨달음을 "한 가닥 섬광"이라고 했다. 제10행에서는 주위의 광경을 다시 묘사하면서 바라다보이는 묘지가 자기 묘지라고 했다.

제11연에서 "빛나는 암캐"라고 한 것은 "빛나는 바다"를 말한다. 앞에서 "충직한 바다가 내 무덤 위에서 잠잔다"고 한 것이 개와 같다고 하고, 바다가 여성형이므로 암캐라고 했다. 개가 하는 일은 양떼를 지키는 것이다. 개의 도움을 받고 양떼를 기리는 일상생활이 거룩하다고 여기기로 해서 "신비스러운 양떼"라고 했다. "비둘기들"은 제1연에서 바다의 흰 물결을 지칭한 비유이다. 흰 물결을 비둘기들이라고 여기고 함께 멀리까지 날아가려고 하는 충동은 "헛된 꿈"이므로 물리치고, "호기심에 들뜬 천사들"도 찾지 않겠다고 했다.

제12연에서는 죽음이 어떤가 말했다. 죽음에 직면하면 "미래 생각은 아둔하다"고 했다. 죽음이 "정결한 곤충"처럼 다가와 육신을 "긁어대"면 모든 것이 허물어지고, 정신은 "공중으로 날아가, 나는 모르는 어떤 준엄한 본질에 흡수된다"고 했다. "존재하지 않는 것"인 죽음까지 기꺼이 받아들이겠다는 생각에 도취되면 "인생은 드넓다"고 했다. 그러면 "어떤 고통이라도 감미롭"고, 정신이 혼미해지지 않고 맑다고 했다.

제13연에서는 하는 말이 급격하게 변했다. 처음 두 줄에서는 땅이 돌보아주고 헛된 생각을 하지 않게 해서 죽은 사람들은 편안하다고 했다. 다음 석 줄에서는 죽은 사람과 전혀 다른, 하늘 높이 뜬 정오의 태양을 찬양했다. 마지막 줄에서 두 가지 발언이 자기에게서 연결된다고 너무 짧게 말해 어리둥절하게 한다. 자기는 정오의 태양과 같은 열정을 지니지만 드러나지 않는 변화를 거쳐 죽음이 사람들에게로 다가간다고 한 것 같다.

제14연에서는 "너"라고 일컬은 정오의 태양이, 바라보면서 닮고자 하는 자기가 근심하고 후회하고 의심하고 속박당하기 때문에 완전하지 못하다고 할 것은 아니라고 했다. 어두운 땅속에 묻혀 대리석에 짓눌리고 나무뿌리와 얽힌 망자들도 태양을 동경해 다가가고자 하는 것을 막을 수 없다고 했다. 위대한 것이 부족한 쪽과 분리되어 따로 존재할 수 없다는 말로 이해할 수 있다.

제15연에서는 죽음의 모습을 처참하게 그렸다. 여기서부터는 좀 쉬워진다. 제16연에서는 사랑을 즐기던 사람들이 죽어 없어진 것을 탄식했다. 제17연에서는 육신이 죽으면 영혼도 소용없게 된다고 했다. 영혼에 대한 믿음은 "채색된 거짓말"이라고 했다. 사람은 구멍이 많은 나약한 존재여서 방어할 수 있는 것이 없으며, 거룩하다고 하지만 "조바심"에 지나지 않는 신앙도 사라진다고 했다.

제18연에서는 "빛난다고 하지만 검고 야윈 불멸"을 내세우는 종교가 허망하다고 비판했다. "텅빈 해골"의 "영원한 웃음"을 말한 대목은 섬찟한 느낌을 준다. 제19연에서 조상은 죽어서 시신이 흙이 되고, 시신을 침식하는 구더기는 그 나름대로의 삶을 누린다고 한 대조가 충격을 준다. 제20연에서는 시신을 침식하는 구더기가 사람과 다름없이 "보고, 원하고, 꿈꾸고, 만진다"고 하고, 왕성한 생명력을 가지고 아직 살아 있는 자기에게도 다가온다고 했다. 사람이 우월하다고 할 이유가 없다는 생각을 하게 했다.

제21연을 이해하려면 고대 그리스의 사상가 엘리아의 제논이 한 말을 알아야 한다. 제논은 아킬레스가 아무리 빨리 달려도 느림보 거북을 따라잡지 못한다고 하고, 날아가는 화살이 순간마다 머물러 있으므로 앞으로 나아가지 못한다고 했다. 연속된 운동을 작은 단위로 세분한 데다 근거를 두고 제기한 이런 주장이, 알고 있는 사실과 어긋나서 "제논의 역설"이라고 한다. 자기 삶이 제논의 역설보다 더 불합리해, 화살 소리를 듣고 분발하다가 날지 않는 화살에 맞고, 아킬레스처럼 달리려고 하는데 거북 그늘이 영혼을 휩싼다고 했다. 거북 그늘에 휩싸여 어둠 속에서 제대로 움직이지 못하는 것이 원통해 "아! 태양이여"하고 외쳤다. 잘못이 "잔인한 제논"에게 있다고 한 것은 사태를 바로 인식하지 못한 탓에 책임을 전가하는 말이다. 생각을 너무 많이 하면 자가당착에 빠진다는 것을 보여 주었다.

제22연에서는 앞에서 한 말을 뒤집었다. 공연한 고민을 하지 말고, 영속되는 시간 속에서 삶을 되찾고 힘을 얻자고 했다. 불어오는 바람, 바다의 시원한 느낌, 바닷물의 짠 맛, 뛰노는 파도가 망상을 깬다고 했다. "해변의 묘지" 두 단어 가운데 암울한 "묘지"로 기울어져 죽음으로 나아가다가 "해변"의 신선함을 받아들여 삶을 예찬하는 대전환을 했다. 제23연에서는 바다가 격동하는 모습을 감격스럽게 바라보았다. "표범의 가죽, 구멍 난 외투"는 구름 사이로 비치는 햇살을 형용한 말이다. "히드라"는 커다란 뱀이다. 머리가 아홉이나 되어 어떤 장사라도 죽일 수 없다. 제1연에서 고요하다고 하던 바다가 험악하게 되어, "비둘기"는 "히드라"로 바뀌었다.

제24연에서는 바람이 불어오니 삶의 의지와 정열을 되찾아야 한다고 하면서 바다가 장대하게 약동하는 모습을 그렸다. "책"이니 "책장"이니 하는 것은 자기가 시를 적어놓는 노트를 말한다. 바다에서 얻은 엄청난 기운 덕분에 시가 제대로 된 것을 알아, 문자에 집착하지 말고 마음을 열어야 한다. '本地風光'에 이르면 '卷裏風光'은 버려야 한다는 말이라고 차원 높게 풀이할 수 있다. 제1연의 "비둘기들이 걸어 다니는 이 고요한 지붕"을 "삼각돛들이 모이를 쪼는 이 고요한 지붕"이라고 바꾸어놓고는, 이렇게 말하든 저렇게 말하든 수사법의 장난이니 파도가 휩쓸어 뒤집어엎으리라고 했다.

제7장
바다의 모습

샌드버그Carl Sandburg,, 〈바다-파도Sea-Wash〉

The sea-wash never ends.
The sea-wash repeats, repeats.
Only old songs? Is that all the sea knows?
Only the old strong songs?
Is that all?
The sea-wash repeats, repeats.

바다-파도는 끝나지 않는다.
바다-파도는 되풀이한다, 되풀이한다.
옛날 노래뿐인가? 바다가 아는 것은 모두 그것뿐인가?
옛날의 격렬한 노래뿐인가?
그것이 전부인가?
바다-파도는 되풀이한다, 되풀이한다.

  샌드버그는 미국 현대시인이다. 바다에서 파도가 치는 모습
을 간명하면서 인상 깊게 그렸다. 파도가 끝없이 되풀이된다
는 말을 되풀이해 표현이 내용이게 했다.

정지용, 〈바다 2〉

바다는 뿔뿔이
달아나려고 했다.

푸른 도마뱀 떼같이
재재 발렀다.

꼬리가 이루
잡히지 않았다.

흰 발톱에 찢긴
산호보다 붉고 슬픈 생채기!

가까스로 몰아다 부치고
변죽을 둘러 손질하여 물기를 시쳤다.

이 애쓴 해도(海圖)에
손을 씻고 떼었다.

찰찰 넘치도록
돌돌 굴르도록

휘동그란히 받쳐 들었다.
지구는 연잎인 양 오므라들고… 펴고…

　정지용은 한국 근대시인이다. 말을 잘 가다듬어 표현을 빼어
나게 하는 것을 장기로 삼았다. 바다의 모습을 보이는 대로 그
려 시가 관념을 배제한 그림이게 했다. 그림을 그리는 솜씨가
남다르다. 조금 뒤에 드는 프뤼돔의 시에서 바다를 고통스럽
게 신음하는 거대한 짐승이라고 했는데, 정지용은 바다를 재
재발거리고 달아나는 도마뱀이라고 했다. 어둠이 밝음으로,
둔중이 경쾌로, 신음이 약동으로 바뀌었다.

　말 다듬기에 힘써 풀이해야 할 것들이 있다. “재재발렀다”는
“아주 재치 있고 빠르다”는 뜻이다. “이루”는 “여간해서는”이
라는 뜻이다. “생채기”는 “상처”이다. “시쳤다”는 “씻었다”의
충청도 방언이다. “회동그란히”는 “휘둘러 동그랗게”이다.

시몬스Arthur Symons, 〈**폭풍 직전**Before The Squal〉

The wind is rising on the sea,

The windy white foam−dancers leap;
And the sea moans uneasily,
And turns to sleep, and cannot sleep.

Ridge after rocky ridge uplifts,
Wild hands, and hammers at the land,
Scatters in liquid dust, and drifts
To death among the dusty sand.

On the horizon's nearing line,
Where the sky rests, a visible wall,
Grey in the offing, I divine,
The sails that fly before the squall.

바다에서 바람이 일어나고 있다.
바람을 받고 흰 거품이 춤추며 뛴다.
바다가 예사롭지 않게 신음하고,
잠을 자려고 하지만 자지 못한다.

물이랑, 바위 같은 물이랑이 솟구친다.
거친 손이며 육지에 있는 망치가
유동하는 먼지 속에서 흩어지다가
모래 사이로 떠내려가 죽고 만다.

수평선이 가까이 다가오는 선 위
하늘이 쉬는 곳에, 담장으로 보이는
저 멀리 회색 물체, 나는 예감한다,
폭풍 직전에 날아가는 돛이라도.

시몬스는 영국 근대시인이다. 프랑스 상징주의 시풍을 영시
에 받아들였다. 이 작품에서는 폭풍이 닥치기 직전의 바다 모
습을 인상 깊게 묘사했다.

이도윤, 〈바다 3〉

썩지 않기 위해
제 몸에 소금을 뿌리고
움직이는 바다를 보아라
잠들어 죽지 않기 위해
제 머리를 바위에 부딪히고
출렁이는 바다를 보아라
그런 자만이 마침내
뜨거운 해를 낳는다

　이도윤은 한국 현대시인이다. 이 시는 〈바다〉 연작시 가운데
세 번째이다. 바다의 모습을 의지를 가지고 노력하는 사람처
럼 그렸다. 짧게 끝난 시에 요긴한 말이 다 들어 있다.

프뤼돔René-François Sully Prudhomme, 〈바다Mer〉

La mer pousse une vaste plainte,
Se tord et se roule avec bruit,
Ainsi qu'une géante enceinte
Qui des grandes douleurs atteinte,
Ne pourrait pas donner son fruit ;

Et sa pleine rondeur se lève
Et s'abaisse avec désespoir.
Mais elle a des heures de trêve :
Alors sous l'azur elle rêve,
Calme et lisse comme un miroir.

Ses pieds caressent les empires,
Ses mains soutiennent les vaisseaux,
Elle rit aux moindres zéphires,

Et les cordages sont des lyres,
Et les hunes sont des berceaux.

Elle dit au marin : "Pardonne
Si mon tourment te fait mourir ;
Hélas ! Je sens que je suis bonne,
Mais je souffre et ne vois personne
D'assez fort pour me secourir !"

Puis elle s'enfle encor, se creuse
Et gémit dans sa profondeur ;
Telle, en sa force douloureuse,
Une grande âme malheureuse
Qu'isole sa propre grandeur !

바다는 엄청난 신음을 토한다.
시끄럽게 몸을 꼬고 구른다.
임신을 한 거대한 여성이
진통만 크게 할 따름이고,
출산을 하지 못하는 것 같다.

몸을 부풀려 일어났다가
실망을 하고 주저앉는다.
그래도 쉬는 시간이 있다.
창공 아래에서 꿈을 꾸고,
조용하고 매끈한 거울 같다.

발로는 여러 제국을 어루만지고
손에다 수많은 배를 떠받든다.
바람이 조금만 불어도 웃고,
배의 밧줄이 현악기이게 하고,
망루는 요람인 듯이 흔든다.

선원에게 말한다. "용서해 다오,
내가 뒤척이다가 너를 죽여도.
아! 나는 선량하다고 생각하지만,
고통을 겪고 있으며, 아무도
나를 돌볼 만큼 강하지 못하다."

그러고 바다는 오르고 내린다.
깊숙한 곳에서 신음한다.
고통스러운 힘을 지니고
불행하기만 한 거대한 영혼이
위대한 모습을 드러낸다.

　프뤼돔은 프랑스 근대시인이며, 1901년에 제1회 노벨문학
상을 받았다. 이 시에서 바다의 외관을 묘사했다. 바다를 고통
스럽게 신음하는 거대한 짐승에다 견주어 역동적인 표현을 인
상 깊게 했을 따름이고 이면에 숨은 뜻은 없다.

보쉬맹 Nérée Beauchemin, 〈바다 La mer〉

Loin des grands rochers noirs que baise la marée,
La mer calme, la mer au murmure endormeur,
Au large, tout là-bas, lente s'est retirée,
Et son sanglot d'amour dans l'air du soir se meurt.

La mer fauve, la mer vierge, la mer sauvage,
Au profond de son lit de nacre inviolé
Redescend, pour dormir, loin, bien loin du rivage,
Sous le seul regard pur du doux ciel étoilé.

La mer aime le ciel : c'est pour mieux lui redire,
À l'écart, en secret, son immense tourment,

Que la fauve amoureuse, au large se retire,
Dans son lit de corail, d'ambre et de diamant.

Et la brise n'apporte à la terre jalouse,
Qu'un souffle chuchoteur, vague, délicieux :
L'âme des océans frémit comme une épouse
Sous le chaste baiser des impassibles cieux.

조수가 입을 맞추는 거대한 바위를 멀리 하고,
조용한 바다가 흥얼거리면서 잠들었다가,
저쪽 넓게 퍼진 곳으로, 천천히 물러나면서
사랑의 흐느낌이 저녁 공기 속으로 사라진다.

짐승인 바다, 처녀인 바다, 야만인 바다,
깊은 바닥에 단단한 진주조개를 간직하고,
해안에서 아주 먼 곳으로 잠자러 다시 가니,
별이 빛나는 하늘이 다정스럽게 내려다본다.

바다는 하늘을 사랑한다고 거듭해서 말한다.
엄청난 번민은 한편에다 비밀로 간직하고,
사랑에 빠진 야수의 거대한 몸집이 물러난다,
산호, 호박, 금강석으로 장식된 침대 속으로.

질투하고 있는 육지에는 미풍이 불어
모호하고 감미롭게 속삭이는 숨결이나 전해준다.
대양의 영혼이 신부가 된 것처럼 격동한다.
무정한 하늘은 건성으로 입이나 맞추어주는데.

  보쉬맹은 캐나다의 근대시인이며 의사이다. 프랑스어로 창
작했다. 바다의 모습을 그린 시이다. 다채로운 변화를 아름다
운 말로 묘사하려고 여러 가지 시도를 했다. 바다는 육지의 질
투를 물리치고 하늘을 사랑해 신부가 되고자 하는데, 하늘은

무정해 적극적인 반응을 보이지 않는다고 하는 삼각관계 의인법이 기발하다.

비비앙Renée Vivien, 〈**바다 위의 서광**Aurore sur la Mer〉

Je te méprise enfin, souffrance passagère !
J'ai relevé le front. J'ai fini de pleurer.
Mon âme est affranchie, et ta forme légère
Dans les nuits sans repos ne vient plus l'effleurer.

Aujourd'hui je souris à l'Amour qui me blesse.
O vent des vastes mers, qui, sans parfum de fleurs,
D'une âcre odeur de sel ranimes ma faiblesse,
O vent du large ! emporte à jamais les douleurs !

Emporte les douleurs au loin, d'un grand coup d'aile,
Afin que le bonheur éclate, triomphal,
Dans nos cœurs où l'orgueil divin se renouvelle,
Tournés vers le soleil, les chants et l'idéal !

나는 너를 경멸한다, 뜨내기 고통이여!
나는 마침내 이마를 쳐들고, 울음을 그친다.
정신이 자유를 얻어, 고통은 가벼운 흔적조차
밤의 휴식을 해치며 스쳐가지도 못한다.

이제는 축복해주는 사랑에 미소를 짓는다.
오, 광대한 바다에서 불어오는 바람이여,
꽃향기 아닌 강렬한 소금 냄새에서 생기를 얻는다.
날개 넓은 바람이여! 고통을 휩쓸어 가거라!

고통을 아득한 먼 곳까지 몰아가 없애다오.

이윽고 행복이 터져 나와 자랑스럽도록
가슴으로 상쾌한 자부심을 다시 누리면서,
태양, 노래, 이상을 향해 나아간다.

19세기 말 영국의 여성시인이 비비앙이라는 필명을 사용
하면서 이런 시를 프랑스어로 지었다. 작품이 높이 평가되어
"Sappo 1900"이라고 일컬어졌다. 고대 그리스의 뛰어난 여성
시인 사포가 1900년에 되살아났다는 말이다.

〈바다 위의 서광〉이라는 제목이 바다에서 불어오는 바람을
희망의 상징으로 삼아 절망을 떨쳐버리고 일어나겠다는 각오
를 박진감 있게 나타냈다. 〈바다 위의 서광〉이라는 제목이 깊
은 뜻을 지닌다. 바다를 묘사하고 찬양하는 범속한 시를 크게
넘어섰다.

바다에서 불어오는 "날개 넓은 바람"이 "뜨내기 고통"을 "휩
쓸어 가거라"고 한 표현이 뛰어나다. "vent du large"는 "넓은
바람"인데, 다음 줄에 "d'un grand coup d'aile"(날개를 크게
펴서)라는 말이 있어 "날개 넓은 바람"이라고 번역했다. 번역
시를 원작처럼 아름답게 하려고 다른 대목에서도 손질을 조금
했다.

샤토브리앙François-René de Chateaubriand, 〈**바다**La mer〉

Des vastes mers tableau philosophique,
Tu plais au coeur de chagrins agité :
Quand de ton sein par les vents tourmenté,
Quand des écueils et des grèves antiques
Sortent des bruits, des voix mélancoliques,
L'âme attendrie en ses rêves se perd,
Et, s'égarant de penser en penser,
Comme les flots de murmure en murmure,

Elle se mêle à toute la nature :
Avec les vents, dans le fond des déserts,
Elle gémit le long des bois sauvages,
Sur l'Océan vole avec les orages,
Gronde en la foudre, et tonne dans les mers.

Mais quand le jour sur les vagues tremblantes
S'en va mourir ; quand, souriant encor,
Le vieux soleil glace de pourpre et d'or
Le vert changeant des mers étincelantes,
Dans des lointains fuyants et veloutés,
En enfonçant ma pensée et ma vue,
J'aime à créer des mondes enchantés
Baignés des eaux d'une mer inconnue.
L'ardent désir, des obstacles vainqueur,
Trouve, embellit des rives bocagères,
Des lieux de paix, des îles de bonheur,
Où, transporté par les douces chimères,
Je m'abandonne aux songes de mon coeur.

넓은 바다가 사념에 잠긴 모습, 너는
슬픔으로 번민하는 마음 어루만진다.
격동하는 바람이, 너의 가슴에서
거친 암초나 오래 된 모래톱에서
우울한 목청으로 소리를 낼 때면,
꿈에 잠겨 있는 영혼이 사그라진다.
이 생각 저 생각 하고 방황하면서,
웅얼거리고 웅얼거리는 물결처럼,
사그라진 영혼이 어디든지 섞인다,
사막 한가운데서 부는 바람과 함께,
야생의 숲을 거쳐 가면서 신음한다.
태양 위에서 폭풍우와 함께 날면서
노호하는 벼락, 바다 속의 천둥이다.

그러나 흔들리는 물결 위로 하루가
죽어갈 때, 아직은 미소를 지으면서
태양이 늙었어도 진홍과 금색으로
바다에서 빛나는 초록빛을 누를 때,
저 멀리 아득하고 몽롱한 곳으로
내 생각과 내 삶이 치닫게 하면서,
나는 매혹적인 세계 만들기를 좋아한다.
어딘지 모를 저 먼 바다의 물에 젖어서,
강렬한 욕구로 장애를 이겨내고 나아가,
언덕에 작은 숲이 있어 아름다운 곳,
평화로운 고장, 행복한 섬으로 향한다.
기분 좋은 공상에 휘말려 그리로 가서
마음에 떠오르는 생각에 몸을 내맡긴다.

샤토브리앙은 프랑스 낭만주의 시인이다. 바다의 모습을 바라보고 그리면서 내심의 격동을 말했다. 제1연에서는 바다와 함께 울부짖으면서 절망에 빠졌다가, 제2연에서는 눈앞의 바다를 떠나 먼 곳으로 가는 상상을 하면서 희망을 찾는다고 했다.

요지는 간단한데 말을 현란하게 꾸며 길어졌다. 바다에서 "tableau philosophique"를 본다고 한 것은 직역하면 "철학적 풍경"인데, "사념에 잠긴 모습"이라고 옮겼다. 사그라진 영혼이 어디든지 섞이고, 바람과 함께 신음하면서 벼락과 천둥이 된다는 것은 낭만적 상상이므로 쉬운 말로 풀어 설명하면 분위기를 깬다. "나는 매혹적인 세계 만들기를 좋아한다"는 것은 공상을 한다는 말이다. 공상에 관한 말을 길게 하다가 "마음에 떠오르는 생각에 몸을 내맡긴다"고 해서 출발점으로 되돌아갔다.

모레아스Jean Moréas, 〈바다Mer〉

Océan, que vaux—tu dans l'infini du monde ?
Toi, si large à nos yeux enchaînés sur tes bords,
Mais étroit pour notre âme aux rebelles essors,
Qui, du haut des soleils te mesure et te sonde ;

Presque éternel pour nous plus instables que l'onde,
Mais pourtant, comme nous, œuvre et jouet des sorts,
Car tu nous vois mourir, mais des astres sont morts,
Et nulle éternité dans les jours ne se fonde.

Comme une vaste armée où l'héroïsme bout
Marche à l'assaut d'un mur, tu viens heurter la roche,
Mais la roche est solide et reparaît debout.

Va, tu n'es cru géant que du nain qui t'approche :
Ah ! Je t'admirais trop, le ciel me le reproche,
Il me dit : « Rien n'est grand ni puissant que le Tout ! »

대양이여, 너는 무한한 세상에서 어떤 가치가 있는가?
너는 우리가 보기에 아주 넓지만 해안에 묶여 있다.
반역하며 약동하는 우리 마음보다는 좁지 않은가.
우리는 태양의 높이에서 너의 넓이와 깊이를 잰다.

물결보다 더 흔들리는 우리를 위해 거의 영원하지만,
너도 우리처럼 운명의 작품이나 장난감이기만 하다.
너는 우리가 죽는 것을 보지만, 별들도 죽었다.
영원은 흘러가는 나날에 근거를 두지 않는다.

영웅심이 용솟음치는 거대한 군대라도 된 듯이
성벽을 공격하겠다고 진격하다가 바위에 부딪힌다.

바위는 단단해 서 있는 모습으로 다시 나타난다.

가거라, 너는 접근하는 난쟁이보다 크달 것이 없다.
아! 내가 너를 지나치게 숭배했다고 하늘이 나무란다.
하늘이 "총체보다 더 크고 강한 것은 없다"고 한다.

모레아스는 그리스 출신의 프랑스 상징주의 시인이다. 이 시에서 바다의 모습을 그렸다. 그러면서 바다가 사람보다 못하다고 하면서 낮추어보았다.

제1연에서는 바다는 자유를 누리는 우리 마음보다 크기가 작다고 했다. 제2연에서는 바다라도 영원하지는 않다고 했다. 제3연에서는 바위가 아무리 사나워도 바위를 넘어뜨리지 못한다고 했다. 제4연에서는 하늘은 접근하는 난쟁이인 사람보다 더 크다고 할 것이 없으므로 지나치게 숭배하지 말라고 하늘이 경고한다고 했다.

그러면서 관사를 붙이고 대문자로 쓴 "le Tout"보다 더 크고 강한 것은 없다고 했다. 이 말을 "총체"라고 옮기고, 모든 것을 아우르는 실체라고 이해한다. 바다가 대단하다고 하지만 모든 것을 아우르는 총체의 일부인 점에서 사람과 다를 바 없다고 하는 것이 시 전편에서 하고자 한 말이다.

제8장
바다로 가자

라이산요(賴山陽), 〈천초 바다에 정박하다(泊天草 洋)〉

雲耶山耶呉耶越
水天髣髴青一髪
萬里泊舟天草洋
煙橫篷窓日漸没
瞥見大魚波間跳
太白當船明似月

구름인가 산인가 오나라인가 월나라인가,
물과 하늘이 한 가닥 터럭 같구나.
만리 밖 천초 바다에 배가 머무니,
노을 가로지른 봉창에 해가 진다.
문득 보이는 큰 고기 물결 사이에서 뛰고,
태백성이 뱃전에 다가와 달처럼 밝다.

    라이산요는 한시를 지은 일본 시인이다. 바다로 가자고 하는 한시를 지은 것이 특이하다. 한시에도 바다 노래가 있기는 하지만 바다는 배를 타고 지나가는 곳이고 그 자체로 의미가 있는 것은 아니다. 동아시아에서는 산을, 유럽에서는 바다를 좋아한 것이 대조가 된다. 동아시아의 선인들은 산과 이어져 있는 강이나 호수, 아니면 해변에서 놀고 먼 바다로 나가려고 하지 않았다. 유럽에서처럼 바다로 가면 즐겁다고 하는 한시가 중국이나 한국에는 있었는지 의문이고, 일본에서 하나 가까스로 찾을 수 있다.

    일본인은 바다와 더불어 살았지만 한시를 지을 때에는 바다를 멀리 하고 산을 가까이 했다. 그런 관례를 깨고 바다에서 즐거움을 찾는 시를 지은 것이 있다. 라이산요는 이 시에서 배를 타고 바다에 나가니 즐겁다고 했다. 뱃사람과는 거리가 먼 유람객의 노래이다. 항해가 즐거움을 찾는 유람이고, 모험이나 개척의 의미를 지닌 여행은 아니다.

배를 타고 멀리 간다고 했다. 중국의 오나라인지 월나라인지 가리기 어려운 곳까지 간다고 했다. 마침내 천초 바다에 이르렀다고 했다. 천초 바다는 아마쿠사나다(天草灘)이 있는 해역이다. 그곳은 일본 규슈(九州) 서쪽 나가사기겐(長崎縣) 남부, 쿠마모토겐(熊本縣) 서부에 있는 대륙붕이며, 경치가 빼어난 섬이 많이 있다. 멀리 있는 아름다운 곳으로 간다고 하기 위해 천초의 바다를 들고, 바다의 경이로움을 보고 감탄했다.

매스필드John Masefield, 〈바다 열망Sea Fever〉

I must go down to the seas again, to the lonely sea and the sky,
And all I ask is a tall ship and a star to steer her by;
And the wheel's kick and the wind's song and the white sail's
  shaking,
And a grey mist on the sea's face, and a grey dawn breaking,

I must go down to the seas again, for the call of the running tide
Is a wild call and a clear call that may not be denied;
And all I ask is a windy day with the white clouds flying,
And the flung spray and the blown spume, and the sea-gulls crying.

I must go down to the seas again, to the vagrant gypsy life,
To the gull's way and the whale's way where the wind's like a
  whetted knife;
And all I ask is a merry yarn from a laughing fellow-rover,
And quiet sleep and a sweet dream when the long trick's over.

나는 다시 바다로 가야 한다. 외로운 바다와 하늘을 향해.
내가 바라는 것은 오직 높이 솟은 배, 방향을 잡아줄 별
  하나.

물 차고 나가는 바퀴, 바람의 노래, 흔들리는 흰 돛대,
그리고 바다 위의 회색 안개, 밝아오는 회색 새벽.

나는 다시 바다로 가야 한다, 달려가는 물결이 부르고
 있어.
거칠게 부르고, 분명하게 부르는 것을 거역할 수 없다.
내가 바라는 것은 오직 흰 구름이 날리며 바람이 부는 날,
그리고 흩어지는 물보라. 솟구치는 물거품. 갈매기 울음.

나는 다시 바다로 가야 한다. 방랑하는 집시처럼 살아가
 려고.
갈매기가 다니고 고래가 다니는, 바람이 칼날 같은 곳에서
내가 바라는 것은 오직 방랑의 동행자가 늘어놓는 즐거
 운 이야기.
그리고 오랜 조업이 끝난 다음의 조용한 잠과 감미로운 꿈.

　매스필드는 영국 근대시인이다. 이 시는 바다에 대한 유럽인
의 생각을 아주 잘 나타내 널리 애독된다. 바다로 가고 싶다고
하지 않고 "가야 한다"고 했다. 바다에 다시 가고 싶은 열망이
강렬해 하는 말이 힘차다. 같은 구절을 여러 번 되풀이해 바다
에서 배가 흔들리는 것을 느끼게 한다. 바다에 가면 무엇이 좋
은가? 배를 타고 가면서 바다를 바라보는 것이 좋다고 했다.
　좋은 곳으로 가겠다는 것은 아니고, 배를 타고 다니면서 집
시처럼 살아가는 방랑자가 되고 싶다고 했다. 외로움을 즐기
려는 것은 아니다. 동행자가 있고 이야기를 늘어놓는다. 아무
일도 하지 않고 지내는 것은 아니다. 뱃사람이 해야 할 일을
오랫동안 하다가 조용한 잠과 감미로운 꿈을 찾는다고 했다.
　희망 사항을 상상해서 말한 작품이 아니다. 뱃사람으로 오래
일하다가 시인이 된 사람이 다시 바다로 가서 뱃사람이 되고
싶다는 소망을 나타냈다. 소망이 간절해 독자의 마음까지 사

로잡는 절실한 표현을 얻었다. 뱃사람이 되어 방랑하는 것은 육지에 정착해 살면서 일상생활을 되풀이하는 따분함에서 벗어날 수 있게 하는 유혹이어서 많은 시에서 다루었는데, 이것이 특히 뛰어나다.

라마르틴느Alphonse de Lamartine, 〈돛대Les voiles〉

Quand j'étais jeune et fier et que j'ouvrais mes ailes,
Les ailes de mon âme à tous les vents des mers,
Les voiles emportaient ma pensée avec elles,
Et mes rêves flottaient sur tous les flots amers.

Je voyais dans ce vague où l'horizon se noie
Surgir tout verdoyants de pampre et de jasmin
Des continents de vie et des îles de joie
Où la gloire et l'amour m'appelaient de la main.

J'enviais chaque nef qui blanchissait l'écume,
Heureuse d'aspirer au rivage inconnu,
Et maintenant, assis au bord du cap qui fume,
J'ai traversé ces flots et j'en suis revenu.

Et j'aime encor ces mers autrefois tant aimées,
Non plus comme le champ de mes rêves chéris,
Mais comme un champ de mort où mes ailes semées
De moi-même partout me montrent les débris.

Cet écueil me brisa, ce bord surgit funeste,
Ma fortune sombra dans ce calme trompeur ;
La foudre ici sur moi tomba de l'arc céleste
Et chacun de ces flots roule un peu de mon coeur.

젊고 자랑스럽던 시절에는, 날개를 펴고
내 마음이 여러 바다의 모든 바람을 맞이했다.
날개 달린 내 생각을 배의 돛대가 싣고 나가,
격렬하게 파도치는 곳들마다 꿈이 펄럭였다.

물결을 타고 항해하는 나는 수평선이 잠겼다가
초목의 푸름을 띠고 다시 올라오는 곳까지,
삶의 여러 대륙, 기쁨의 많은 섬이 거기 있어
영광과 사랑으로 나를 직접 부르는 곳까지.

그때 그렇게도 사랑하던 바다를 아직 사랑한다.
바다가 이제 버리지 못할 꿈을 펼칠 곳은 아니고,
날개가 여기저기 흩어진 죽음의 영역처럼 되어
내가 내게 쓰레기를 내보이기나 해도 사랑한다.

나는 그처럼 사랑하던 이 바다를 아직 사랑한다.
이제는 축복받는 꿈의 터전이라고 하지 않고,
날개 깃털을 떨어트리고 죽을 곳인 줄 여기고,
내게서 나오는 찌꺼기를 여기저기 떨어트린다.

이 암초가 나를 부수고, 이 해변이 불길하게 솟는다.
나는 이 수상한 적막 속으로 침몰할 운명이다.
하늘에서 내려오는 벼락이 여기 내게로 떨어졌다.
이런 생각이 내 가슴 속에서 조금씩 물결친다.

라마르틴느는 프랑스 낭만주의 시인이다. 이 시는 제목이
〈돛대〉여서 항해에 관해 말한다고 알렸다. 배를 타고 바다에
나가 항해하는 것이 탈출이고 모험이다.
　번역을 읽어도 시를 즐길 수 있게 하려고 고심했다. "나"(je)
라는 말은 번역에서 되풀이하지 않았다. "tout verdoyants

de pampre et de jasmin"은 "포도나무와 자스민의 아주 푸름"이라는 말인데, 운율을 고려해 "초목의 푸름"이라고 줄여서 옮겼다. "거기 있어"는 없는 말인데 보탰다.

바다 · 물결 · 돛대 · 항해는 탈출과 모험을 직접 말해주고 또한 상징한다. 멀리까지 탈출해 나가 무엇이든 탐구하던 젊은 시절의 모험을 그리워하면서, 이제 노년이 되어 물러나야 하는 처지를 한탄했다. 청춘이 두 연이고 노년이 세 연이어서, 노년의 비중을 넘는다. 죽음이 가까이 다가왔다고 처절하게 말하고, 그런 생각이 자기 가슴 속에서 조금씩 물결친다는 말로 결말을 맺었다.

바이런 George Gordon Byron, 〈잘 있거라, 잘 있거라, 내 고향 해안이여 Adieu, Adieu! My Native Shore〉

Adieu, adieu! my native shore
Fades o'er the water blue;
The night-winds sigh, the breakers roar,
And shrieks the wild sea-mew.
Yon sun that sets upon the sea
We follow in his flight;
Farewell awhile to him and thee,
My native Land – Good Night!

A few short hours and He will rise,
To give the Morrow birth;
And I shall hail the main and skies,
But not my mother Earth.
Deserted is my own good Hall,
Its hearth is desolate;
Wild weeds are gathering on wall,
My Dog howls at the gate.

잘 있거라, 잘 있거라, 내 고향의 해변은
푸른 물결 저변으로 사라져간다.
밤바람은 한숨짓고, 파도는 울부짖는다.
야생의 갈매기는 비명을 지른다.
저편 바다에 지는 해를 향해
우리는 그 자취를 따라간다.
해에게 작별을 하고, 너
내 고향이여 잘 자라.

몇 시간 뒤에 해는 다시 떠서
다음 날이 태어나게 한다.
나는 바다와 하늘을 환호하며 맞이한다.
그러나 내 어머니 대지는 그렇지 않다.
나의 훌륭한 저택은 황폐해지고
벽난로는 삭막하리라.
들풀이 벽에 모여들고.
우리 개가 문에서 짖으리라.

　바이런은 영국 낭만주의 시인이다. 낭만적 모험에 관한 장시 차일드 해롤드의 편력〉("Childe Harold's Pilgrimage")의 한 대목이 이 시이다. 바다를 향해 나아가면서 고향에 작별을 고하고, 고향에서 살던 집이 황폐해지는 것을 염려했다. 하늘과 땅, 바다와 대지, 미래와 과거, 새것과 낡은 것, 모험과 관습을 대립시켰다. 앞의 것들을 열광적으로 환영하면서 뒤의 것들에 대한 애착을 버리지 못했다.

김영랑, 〈바다로 가자〉

바다로 가자 큰 바다로 가자

140

우리 인젠 큰 하늘과 넓은 바다를 마음대로 가졌노라
하늘이 바다요 바다가 하늘이라
바다 하늘 모두 다 가졌노라
옳다 그리하여 가슴이 뻐근치야
우리 모두 다 가자꾸나 큰 바다로 가자꾸나

우리는 바다 없이 살았지야 숨막히고 살았지야
그리하여 쪼여들고 울고불고 하였지야
바다 없는 항구 속에 사로잡힌 몸은
살이 터져나고 뼈 튀겨나고 넋이 흩어지고
하마터면 아주 꺼꾸러져버릴 것을
오! 바다가 터지도다 큰 바다가 터지도다

쪽배 타면 제주야 가고오고
독목선(獨木船) 왜(倭)섬이사 갔다왔지
허나 그게 바다러냐
건너뛰는 실개천이라
우리 삼년 걸려도 큰 배를 짓자꾸나
큰 바다 넓은 하늘을 우리는 가졌노라

우리 큰 배 타고 떠나가자꾸나
창랑을 헤치고 태풍을 걷어차고
하늘과 맞닿는 저 수평선 뚫으리라
큰 호통 하고 떠나가자꾸나
바다 없는 항구에 사로잡힌 마음들아
툭 털고 일어서자 바다가 네 집이라

우리들 사슬 벗은 넋이로다 풀어 놓인 겨레로다
가슴엔 잔뜩 별을 안으려마
손에 잡히는 엄마별 아가별

머리엔 끄득 보배를 이고 오렴
별 아래 쫙 깔린 산호요 진주라
바다로 가자 우리 큰 바다로 가자

　김영랑은 한국 근대시인이다. 말을 아름답게 다듬어 잔잔하
게 흐르는 노래를 짓는 것을 장기로 삼았는데, 여기서는 격한
어조로 하고 싶은 말을 했다. 김소월, 〈바다〉에서 한 말을 직
설적으로 풀이한 것 같은 언설을 늘어놓으면서 시대 상황과 연
결시켰다.

　바다가 실제의 바다인 것 같으면서 상징적인 의미를 지녔다.
바다를 소중하게 여기고 해양 활동에 힘쓰자는 것으로 이해해
도 되는 말을 늘어놓아 수상하게 여기지 않도록 했다. 육지에
사로잡혀 있지만 말고 바다로 나가 새로운 가능성을 찾자고 하
면서 상징적인 의미로 나아갔다. "우리들 사슬 벗은 넋이로다
풀어 놓인 겨레로다"에서 바다로 나가자는 것이 일제 강점기
의 억압에서 벗어나고자 하는 소망이라고 살며시 일깨웠다.

박용철, 〈떠나가는 배〉

나 두 야 간다.
나의 이 젊은 나이를
눈물로야 보낼거냐.
나 두 야 가련다.

아늑한 이 항군들 손쉽게야 버릴거냐.
안개같이 물 어린 눈에도 비최나니.
골짜기마다 발에 익은 묏부리 모양
주름살도 눈에 익은 아, 사랑하던 사람들.
버리고 가는 이도 못 잊는 마음

쫓겨가는 마음인들 무어 다를거냐.
돌아다보는 구름에는 바람이 희살짓는다.
앞 대일 언덕인들 마련이나 있을거냐.

나 두 야 가련다.
나의 이 젊은 나이를
눈물로야 보낼거냐.
나 두 야 간다.

　박용철은 김영랑과 함께 활동한 한국 근대시인이다. 김영랑이 〈바다로 가자〉에서 한 말을 목소리를 낮추어 차분하게 들려주었다. 실제의 바다에 관한 말이 상징적인 의미를 지니도록 하는 방식을 바꾸었다. 배를 타고 나가는 것이 즐겁다고 하지는 않고 떠나지 않을 수 없는 이유를 거듭 말해 어떤 사정인지 생각하게 했다.

　버리고 가는 곳에 애착이 많다고 하고, 목적지가 정해져 있지 않다고 했다. 그래도 "젊은 나이를 눈물로 보낼" 수 없기 때문에 "쫓겨가는" 것과 다름없이 떠나야 한다고 했다. "나두야"를 "나 두 야"로 표기해 강조하는 의미를 지니게 하고. "나 두 야 가련다"를 네 번 되풀이해 다른 사람들은 이미 떠나갔으므로 자기도 가야 한다고 했다.

　이렇게 말한 것을 근거로 말하지 않은 것은 알아차려야 한다. 떠나지 않으면 젊은 나이를 눈물로 보내야 한다고 한 것은 현실이 암담해 절망할 수밖에 없기 때문이다. 아름다운 강토와 다정스러운 사람들을 버리고 싶지 않지만 "쫓겨가는" 것과 다름없이 떠나게 하는 암담한 현실은 다른 무엇이 아닌 일제의 식민지 통치이다. 그 억압에서 벗어나 항쟁을 하기 위해 다른 젊은이들이 해외 망명의 길에 올랐으므로 자기도 따르겠다고 하는 뜻을 검열에 걸리지 않고 발표 가능한 방법으로 나타냈다.

보들래르 Charles Baudelaire, 〈여행 Le Voyage〉

Nous avons vu des astres
Et des flots, nous avons vu des sables aussi;
Et, malgré bien des chocs et d'imprévus désastres,
Nous nous sommes souvent ennuyés, comme ici.

La gloire du soleil sur la mer violette,
La gloire des cités dans le soleil couchant,
Allumaient dans nos coeurs une ardeur inquiète
De plonger dans un ciel au reflet alléchant.

Les plus riches cités, les plus grands paysages,
Jamais ne contenaient l'attrait mystérieux
De ceux que le hasard fait avec les nuages.
Et toujours le désir nous rendait soucieux!

— La jouissance ajoute au désir de la force.
Désir, vieil arbre à qui le plaisir sert d'engrais,
Cependant que grossit et durcit ton écorce,
Tes branches veulent voir le soleil de plus près!

Grandiras—tu toujours, grand arbre plus vivace
Que le cyprès? — Pourtant nous avons, avec soin,
Cueilli quelques croquis pour votre album vorace
Frères qui trouvez beau tout ce qui vient de loin!

Nous avons salué des idoles à trompe;
Des trônes constellés de joyaux lumineux;
Des palais ouvragés dont la féerique pompe
Serait pour vos banquiers un rêve ruineux;

Des costumes qui sont pour les yeux une ivresse;
Des femmes dont les dents et les ongles sont teints,

Et des jongleurs savants que le serpent caresse.

우리는 별들을 보았다.
물결과 함께 모래도 보았다.
많은 충격, 뜻하지 않은 재난을 겪고도,
이따금 여기에서처럼 권태로워했다.

보랏빛 바다 위의 영광스러운 태양이,
지는 해 속의 영광스러운 도시가,
우리 가슴 속에 불안한 열정을 불붙여
매혹적으로 빛나는 하늘에 빠지고 싶게 했다.

가장 부유한 도시, 가장 훌륭한 풍경보다
더욱 신비스러운 매력을 지닌 것은
구름이 우연과 함께 빚어내는 모습이었다.
그리고 언제나 욕망이 우리를 근심스럽게 했다!

... 즐거움이 욕망에 힘을 보탠다.
기쁨을 거름으로 삼는 늙은 나무인 욕망은
껍질이 두꺼워지고 굳어져도
가지들은 태양을 더 가까이서 보려는구나!

위대한 나무여, 너는 언제나 자랄 것인가,
실편백보다 더욱 왕성하게?…그러나 우리는 조심스럽게
왕성한 너의 모습 앨범에 남기려고 몇 장 소묘를 했다.
멀리서 온 것은 모두 아름답다고 여기는 친구들이여!

우리는 인사했다. 코가 긴 우상,
즐거운 빛으로 장식된 옥좌,
동화처럼 화려하게 세공된 궁전을.
너의 금고에 빛나는 꿈으로 간직할 것들.

우리 눈을 도취시키는 옷차림,
이빨과 손톱을 검게 물들인 여인,
뱀이 쓰다듬는 슬기로운 요술쟁이.

　보들래르는 프랑스 상징주의 시인이다. 〈여행〉이라는 연작시 여덟 편을 지었는데, 이것이 네번째이다. 〈여행을 떠나자〉에서는 사랑하는 여인에게 함께 여행을 떠나자고 하고, 여기서는 가서 보는 것들을 말했다. 지금은 텔레비전에서 흔하게 보는 여행풍물지 같은 것을 제공해 독자의 관심을 끌었다. 호기심을 촉발하는 신기한 구경거리를 선명하게 그렸다. 그러나 여행기로 일관한 것은 아니다. 여행 심리를 해명하는 탁월한 견해를 제시하고, 여행과의 공통점을 들어 시 창작에 관해 말하는 데까지 나아갔다. 실제 바다의 모습을 다채롭게 그리고 상징적 의미를 풍부하게 하는 이중 작업이 찬탄을 자아내게 한다.

　제1연에서 여행 심리 총론이라고 할 것을 전개했다. 여행을 하는 동안 많은 충격과 뜻하지 않은 재난을 겪으면서까지 신기한 것들을 보고서도 여행을 떠나기 전처럼 따분해 한다고 풀이할 수 있는 말을 했다. 따분한 일상생활에서 탈출하는 충격이 필요해 여행을 하는데, 여행이 또한 따분해져서 더 큰 충격을 찾는다고 한 것이다. 여행은 권태를 깨는 각성이 필요해 거듭 시도하는 탐색이라고 알려주어, 새로운 시를 이룩하기 위한 창작과 다르지 않다고 생각하게 한다.

　제2연에서 "우리 가슴 속에 불안한 열정을 불붙여"라고 한 것도 새겨서 이해할 필요가 있다. "불안한 열정"은 불안하게 여기면서 지니는 열정이고, 불안에서 벗어나고자 하는 열정이다. 여행을 하면서 감격스러운 것들과 만나면 잠재되어 있던 불안한 열정이 촉발되어, 감격에 빠져들고자 한다고 했다. 이것도 문학 창작의 원리에 관한 말로 이해할 수 있다.

　제3연의 "욕망이 우리를 근심스럽게 했다"는 데서 "불안한 열정"에 관한 논의와 이어지는 말을 했다. 사람은 삶의 불안 때문에 근심스러워하면서 탈출을 열망해 감격을 원하고 신비를 찾는다고 했다. 제4연 네 줄에서 한 말이 모두 깊은 의미를 지닌다. 이루어지지 않은 욕망이 누적되어 껍질 두꺼운 늙은 나무처럼 되었어도, 즐거움을 원하고 희망을 버리지 않는다고 한 것은 좌절을 거듭하면서도 창작에 대한 기대를 버릴 수 없다는 말로 이해할 수 있다.

제4연에 등장한 나무는 시인이라면, 제5연에서 말한 왕성하게 자라는 나무는 시라고 할 수 있다. 시인은 무력해도 위대한 시를 생각하지만, 몇 장 소묘만 하는 데 그치고서 멀리서 온 것은 모두 아름답다고 여기는 친구들인 독자에게 보인다고 했다. 제6·7연에서 제시한 신기한 구경거리는 이 시를 시론으로 읽으면 환상에 지나지 않는다.

말라르메Stephane Mallarmé, 〈**바다의 미풍**Brise marine〉

La chair est triste, hélas ! et j'ai lu tous les livres.
Fuir ! là−bas fuir! Je sens que des oiseaux sont ivres
D'être parmi l'écume inconnue et les cieux !
Rien, ni les vieux jardins reflétés par les yeux
Ne retiendra ce coeur qui dans la mer se trempe
Ô nuits ! ni la clarté déserte de ma lampe
Sur le vide papier que la blancheur défend
Et ni la jeune femme allaitant son enfant.
Je partirai ! Steamer balançant ta mâture,
Lève l'ancre pour une exotique nature !

Un Ennui, désolé par les cruels espoirs,
Croit encore à l'adieu suprême des mouchoirs !
Et, peut−être, les mâts, invitant les orages,
Sont−ils de ceux qu'un vent penche sur les naufrages
Perdus, sans mâts, sans mâts, ni fertiles îlots ...
Mais, ô mon coeur, entends le chant des matelots !

육체는 서글프다, 아! 나는 모든 책을 읽었다.
가리라! 저리 가리라! 미지의 물거품과 하늘에서
새들이 취해서 날아다니는 것을 알고 있다.
아무것도, 눈에 들어오고 있는 낡은 정원도
바다에 젖어 있는 내 마음 잡지 못하리라.
오 밤이여! 흰빛이 감싸기만 하는 빈 종이
그 위를 비추고 있는 등불의 황량한 빛도.
아이에게 젖을 먹이고 있는 여인도.
나는 떠나가리라! 돛대 흔들고 있는 배여,
이국의 풍물이 있는 곳으로 닻을 올려라.

권태로움이 잔인한 희망에 시달려 황폐해졌어도
손수건을 흔드는 최상의 이별을 아직도 기대한다.
그러고는 아마도 돛대에 폭풍이 불어닥치리라,
바람에 기울어진 난파선이 되어 길을 잃으리라.
돛대도 없이, 돛대도 없이, 비옥한 섬도 없이…
그래도, 나의 넋이여, 뱃사람들의 노래를 들어라.

말라르메는 프랑스 상징주의 시인이다. 보들래르의 뒤를 이어 상징주의 시를 더욱 정교하고 심오하게 만들려고 각고의 노력을 하면서 바다로 가자는 노래를 다시 지어 본보기로 삼았다. 실제의 바다를 인상 깊게 그려 상징적 의미가 자연스럽게 생겨나 커지도록 뛰어난 솜씨로 작업했다. 진행 과정을 보면, (가) 자기가 머물러 살고 있는 지금 이곳의 상황, (나) 바다 너머 가고 싶은 저곳에 대한 동경과 기대, (다) 기대가 무너져 좌절하리라고 하는 예감을 말했다.

(가) 자기가 머물러 살고 있는 지금 이곳의 상황에 관한 말은 "육체는 서글프다, 아!, 나는 모든 책을 읽었다"고 하는 데서 시작되었다. 육체는 서글프다고 하면 정신은 어떤가 하고 반문할 수 있으므로 정신의 산물이라고 하는 책에 더 기대할 것이 없다고 했다. 기존의 모든 것을 버리고 새로운 탐구

를 해야 한다는 서론을 조금 폈다. 이어서 일상생활의 모습을 그렸다. 낡은 정원이 있는 집에서 여인은 아이에게 젖을 먹이고, 자기는 시를 지으려고 하지만 빈 종이에 황량한 등불이 비칠 뿐이다. 거듭 노력해도 얻은 것이 없어 괴로워하는 심정을 등불이 황량하다는 말로 나타냈다. 시를 지을 수 있으려면 기존의 따분한 삶을 청산하고 새 출발을 해야 한다고 암시했다.

(나) 바다 너머 가고 싶은 저곳에 대한 동경과 기대는 "가리라! 저리 가리라! 미지의 물거품과 하늘에서 새들이 취해서 날아다니는 것을 알고 있다", "바다에 젖어 있는 내 마음 잡지 못하리라", "나는 떠나가리라! 돛대 흔들고 있는 배여 이국의 풍물이 있는 곳으로 닻을 들어라", "손수건 흔드는 최상의 이별을 아직도 기대한다", "그래도, 나의 넋이여, 뱃사람들의 노래를 들어라"에서 거듭 말했다. 마음속의 동경을 말하고 바로 떠날 것 같더니 뒤로 물러섰다.

(다) 기대가 무너져 좌절하리라고 하는 예감은 거듭 나타났다. "권태로움이 잔인한 희망에 시달려 황폐해졌어도"에서는 과거에 여러 번 겪은 좌절을 말했다. 배를 타고 나가다가 폭풍을 만나 조난을 당할 것이라고 한 것은 새로운 시도의 좌절을 예감한 말이다. "비옥한 섬도 없이"라고 한 것은 좌절하면 도피처가 있을 수 없다고 한 말이다.

육지와 바다는 기지(旣知)와 미지(未知), 고정과 변화, 구속과 자유의 차이가 있다. 기지·고정·구속의 상태에서는 시를 지을 수 없어 미지·변화·자유를 찾아 떠나려고 했다. 떠나고 싶은 생각이 간절하다고 여러 차례 말하고 아직 떠나가지 못했으며, 떠나가도 뜻을 이루지 못하고 좌절하고 말 것이라고 하는 불길한 예감을 말했다. 기지·고정·구속을 특징으로 하는 기존의 시를 거부하고 미지·변화·자유를 실현하는 새로운 시를 이룩하고자 하는 간절한 소망을 실현하기 어렵다고 항해의 열망과 난파의 예감을 들어 말했다.

매스필드, 〈바다 열망〉에서는 항해가 그 자체인데, 여기시는 새로운 창조라는 상징적인 의미를 지닌다. 보들래르, 〈여행〉은 양쪽에 걸쳐 있는 중간물이다. 바다 건너 멀리 항해하는 것을 삶의 불안에서 탈출하는 감격의 창조를 말하는 상징으로 삼는 작업을 거듭하면서, 보들래르는 불안 탈출을 열망하는 이유를 여행풍물지에 곁들여 말하고, 여기서는 뜻을 이룬다는 보장이 없어도 그 열망 실현을 위한 탈출을 간절하게 소망한다고 했다. 아직 떠나지 못하고 바다의 미풍이 불어와 마음 설레게 한다고 해서 창작을 여행에다 견주어 말하는 표현이 더욱 절실하게 이해되게 했다. 보들래르가 개척하고자 한 새로운 시론을 말라르메가 이어받아 완성하기 위해 한걸음 더 나아갔다.

보들래르의 〈여행〉에서는 이루어지지 않은 욕망이 누적되어 껍질 두꺼운 늙은 나무처럼 되었어도 즐거움을 원하고 희망을 버리지 않는다고 한 것이 여기서는 "권태로움이 잔인한 희망에 시달려 황폐해졌어도 손수건을 흔드는 최상의 이별을 아직도 기대한다"는 것으로 나타났다. 의미가 분명하고, 표현이 신선해졌다. 욕망을 충족하고 권태를 없앨 최상의 시 창작은 거듭된 좌절이 증명하듯이 가능하지 않다. 그래도 다시 시도하는 것이 시인이 짊어지고 있는 사명이고 운명이다.

미쇼Henri Michaux, 〈나는 노를 젓는다Je rame〉

J'ai maudit ton front ton ventre ta vie
J'ai maudit les rues que ta marche enfile
Les objets que ta main saisit
J'ai maudit l'intérieur de tes rêves

J'ai mis une flaque dans ton œil qui ne voit plus
Un insecte dans ton oreille qui n'entend plus
Une éponge dans ton cerveau qui ne comprend plus

Je t'ai refroidi en l'âme de ton corps
Je t'ai glacé en ta vie profonde
L'air que tu respires te suffoque
L'air que tu respires a un air de cave
Est un air qui a déjà été expiré
Qui a été rejeté par des hyènes

Le fumier de cet air personne ne peut plus le respirer

Ta peau est toute humide
Ta peau sue l'eau de la grande peur
Tes aisselles dégagent au loin une odeur de crypte

Les animaux s'arrêtent sur ton passage
Les chiens, la nuit, hurlent, la tête levée vers ta maison
Tu ne peux pas fuir
Il ne te vient pas une force de fourmi au bout du pied
Ta fatigue fait une souche de plomb en ton corps
Ta fatigue est une longue caravane
Ta fatigue va jusqu'au pays de Nan
Ta fatigue est inexpressible

Ta bouche te mord
Tes ongles te griffent
N'est plus à toi ta famme
N'est plus à toi ton frère
La plante de son pied est mordue par un serpent furieux

On a bavé sur ta progéniture
On a bavé sur le rire de ta fillette
On est passé en bavant devant le visage de ta demeure

Le monde s'éloigne de toi

Je rame

Je rame

Je rame contre ta vie

Je rame

Je me multiplie en rameurs innombrables

Pour ramer plus fortement contre toi

Tu tombes dans le vague

Tu es sans souffle

Tu te lasses avant même le moindre effort

Je rame

Je rame

Je rame

Tu t'en vas, ivre, attaché à la queue d'un mulet

L'inverse comme un immense parasol qui obscurcit le ciel

Et assemble les mouches

L'ivresse vertigineuse des canaux semicirculaires

Commencement mal écouté de l'hémiplégie

L'ivresse ne te quitte plus

Te couche à gauche

Te couche à droite

Te couche sur le sol pierreux du chemin

Je rame

Je rame

Je rame contre tes jours

Dans la maison de la souffrance tu entres

Je rame

Je rame

Sur un bandeau noir tes actions s'inscrivent

152

Sur le grand œil blanc d'un cheval borgne roule ton avenir

Je rame

나는 네 이마며 복통이며 생애를 저주했다.
네가 걸어 다니는 길을 저주했다.
네가 만지는 물건들도.
네 꿈의 내부도 저주했다.

네 눈에 흙탕물을 넣어 보지 못하게 했다.
네 귀에다 벌레를 넣어 듣지 못하게 했다.
네 뇌에다 스폰지를 넣어 지각이 없게 했다.

나는 네 신체의 혼을 냉각했다.
나는 네 삶의 깊은 곳을 냉동했다.
네가 숨쉬는 공기가 너를 질식시킨다.
네가 숨쉬는 공기는 동굴의 기운을 지닌다.
그 공기는 이미 혼탁해졌다.
하이에나가 내뿜은 공기이다.

이곳 공기에서는 아무도 숨을 쉴 수 없다.

네 피부는 젖었다.
네 피부는 너무 두려워 땀을 낸다.
네 겨드랑이는 멀리서도 지하묘지 냄새가 난다.

네가 지나가면 짐승들이 걸음을 멈춘다.
개들이 밤에 네 집을 향해 짖는다.
너는 도망가지 못한다.
발에 개미만한 힘도 없다.
몸의 피로가 납덩이 같다.

네 피로는 길게 뻗은 대상 행렬이다.
네 피로는 남쪽 나라까지 간다.
네 피로는 형언할 수 없다.

네 입이 너를 깨문다.
네 손톱이 너를 할퀸다.
아내는 이미 네 아내가 아니다.
형제는 이미 네 형제가 아니다.
네 발바닥은 성난 뱀에게 물렸다.

네 자식들에게 욕을 했다.
네 딸의 웃음에 욕을 했다.
네 집 앞을 욕을 하면서 지나갔다.

세상이 네게서 멀어졌다.

나는 노를 젓는다.
나는 노를 젓는다.
나는 네 삶과 반대쪽으로 노를 젓는다.
나는 노를 젓는다.
나는 노 젓는 사람 여럿으로 늘어난다.
너와는 반대쪽으로 더 세게 노를 저으려고.

너는 물결에 떨어진다.
너는 숨을 쉬지 못한다.
너는 어떻게 해보지도 않고 지친다.

나는 노를 젓는다.
나는 노를 젓는다.
나는 노를 젓는다.

너는 취한 채 노새 꼬리에 매달려 간다.
하늘을 어둡게 하는 일산(日傘)만큼이나 취해서.

모여든 파리떼,
현기증 나는 취기의 반원형의 운하,
잘 들리지 않는 현기증의 시초,
이런 것들이 떠나지 않고,
너를 왼쪽에 눕힌다.
너를 오른쪽에 눕힌다.
너를 길가 돌 위에 눕힌다.
나는 노를 젓는다.
나는 노를 젓는다.
나는 모든 세월을 거슬러 노를 젓는다.

고통스러운 집에 너는 들어간다.

나는 노를 젓는다.
나는 노를 젓는다.
네 행적은 기록된다, 검은 장막 위에,
네 미래를 굴리는 애꾸인 말의 크고 흰 눈동자에.

나는 노를 젓는다.

　미쇼는 벨기에 출신의 프랑스 현대시인이다. 내면의식을 형
상화하는 시를 뛰어나게 써서 평가를 얻었다. 감탄사를 쓰지
않고 형용사도 아끼면서, 심각한 고민을 예사로운 듯이 토로
해 잔잔한 충격을 주는 이런 시에서 남다른 재능을 보였다.
　"너"는 결별하고 떠나고 싶은 "나"이다. 나태하고 무력하고
고통스럽고 저주스러운 자기를 탈피하고 새로운 삶을 찾아가
기 위한 단호한 결단과 힘든 노력을 "노를 젓는다"는 말로 되

풀이해 나타냈다. 마지막까지도 결별이 이루어지지 않았다. "너"는 "검은 장막"에 기록되어 행적을 남기지만, "나"는 세상의 평가와 구속을 말하는 검은 장막을 무시하고, 과거의 기록을 무효로 돌리고 미래를 향해 "노를 젓는다"고 했다.

그 다음 줄에서 "네 미래를 굴리는 애꾸인 말의 크고 흰 눈동자에"라고 한 것은 깊이 생각하고 잘 뜯어보아야 할 말이다. "말이 굴린다"는 것은 묶여 있는 말이 찧는 돌을 굴린다는 말이다. 말이 한 쪽만 보면 그만이니 애꾸이다. 말이 하는 그런 동작에 매여 미래로 나아가니 반복 이상의 것은 없다. 그런데도 희망이 있다고 여기고. 애꾸인 말의 크고 흰 눈동자에 행적을 기록하려고 하니 가소롭다. "나는 노를 젓는다"는 말을 마지막에서 다시 하면서 떠나가려고 하는 것이 애처롭다.

말을 별나게 사용하지는 않았지만, 설명이 필요한 것들이 있다. "Nan"은 타이 북쪽 산림지대에 있는 도시 이름이다. "난의 나라"라고 하면 이해하기 어려우므로 "남쪽 나라"라고 했다. "famme"라는 말은 없으며, "femme"(아내)의 오기인 것 같다. 아내가 이미 아내가 아님을 말하려고 글자를 한 자 바꾸어 고의로 오기했다고 생각된다.

제9장
내면의 바다

김소월, 〈바다〉

뛰노는 흰 물결이 일고 또 잦는
붉은 풀이 자라는 바다는 어디

고기잡이꾼들이 배 위에 앉아
사랑 노래 부르는 바다는 어디

파랗게 좋이 물든 남빛 하늘에
저녁놀 스러지는 바다는 어디

곳 없이 떠다니는 늙은 물새가
떼를 지어 좇니는 바다는 어디

건너서서 저편은 딴 나라이라
가고 싶은 그리운 바다는 어디

　김소월은 한국 근대시인이다. 바다에 관한 이런 시도 지었
다. "바다는 어디"라는 말을 되풀이하면서 아직 가지 않은 바
다를 동경했다. 바다는 마음을 상쾌하게 하는 온갖 것들이 자
유롭게 펼쳐진 가능성의 공간이라고 하고, 딴 나라로 가는 통
로라고 했다.

니체Friedrich Nietzsche, 〈**새로운 바다로**Nach neuen
Meeren〉

Dorthin – will ich; und ich traue
Mir fortan und meinem Griff.
Offen liegt das Meer, in's Blaue
Treibt mein Genueser Schiff.

Alles glänzt mir neu und neuer,
Mittag schläft auf Raum und Zeit –:
Nur dein Auge – ungeheuer
Blickt mich's an, Unendlichkeit!

저기로 … 가고 싶다; 나를 믿고
지금부터 내가 잡은 것을 믿고.
바다가 열려 있는 푸르름 속으로
나의 제노아 배가 나아간다.

모두 내게 새롭게, 더욱 새롭게 빛난다.
정오가 공간과 시간에서 잠들어 있는데,
다만 눈동자만 … 엄청나게
나를 바라본다, 영원함이여!

　　니체는 근대 독일의 철학자이고 시인이다. 이 시에서 말하는
항해는 정신적인 탐구이다. 미지·변화·자유를 실현하는 항
해를 새롭게 해서 궁극적인 진리라고 할 것을 발견하겠다고 했
다. 이곳에서 저곳으로, 작은 데서 큰 데로, "나"에서 "영원함"
으로 나아간다고 했다. 항해시를 이용해 철학시를 지었다.
　　자기를 신뢰하고 자기 능력을 가지고 미지의 세계를 탐구한
다고 했다. "제노아"는 자기가 독일을 떠나 거주하고 있는 이
탈리아의 도시이다. "모두 새롭게 빛난다"는 것은 멀리서 바라
본 외형이다. "정오가 공간과 시간에서 잠들어 있"다고 한 것
은 결정적인 조건이 갖추어져 있다는 말이다. 그래도 비밀이
드러나지 않고 아직 잠들어 있다가 영원함이 엄청나게 큰 눈동
자로 자기를 바라본다고 했다. 영원함이 엄청난 크기로 드러
나는 것을 발견했다는 말을 그렇게 했다.

이상화, 〈바다의 노래〉

내게로 오너라 사람아 내게로 오너라.
병든 어린애의 헛소리와 같은
묵은 철리(哲理)와 낡은 성교(聖敎)는 다 잊어버리고
애통을 안은 채 내게로만 오너라.

하나님을 비웃을 자유가 여기 있고
늙어지지 않는 청춘도 여기 있다.
눈물 젖은 세상을 버리고 웃는 내게로 와서
아 생명이 변동에만 있음을 깨쳐보아라.

　　이상화는 한국 근대시인이다. 일제의 식민지 통치에 저항하
는 시를 썼다. 이 시에는 "나의 넋, 물결과 어우러져 동해의 마
음을 가져온 노래"라는 긴 부제가 있다. 동해 바다에서 물결과
어울려 툭 트인 마음을 가져온 노래라고 했다. 바다가 하는 말
로 시를 이어나가면서, 애통함을 달래고 눈물 젖은 세상에서
벗어날 길이 있다고 했다. 하느님을 비웃을 자유까지 있고, 생
명이 약동하는 해방의 영역이 있다고 했다.

서정주, 〈바다〉

귀 기울여도 있는 것은 역시 바다와 나뿐.
밀려왔다 밀려가는 무수한 물결 우에
무수한 밤이 왕래하나,
길은 항시 어데나 있고,
길은 결국 아무 데도 없다.

아… 반딧불만한 등불 하나도 없이

울음에 젖은 얼굴을 온전한 어둠 속에 숨기어 가지고… 너는,
무언의 해심에 홀로 타오르는
한낱 꽃 같은 심장으로 침몰하라.

아… 스스로 이 푸르른 정열에 넘쳐
둥그런 하늘을 이고 웅얼거리는 바다,
바다의 깊이 위에 피리를 불고… 청년아.

애비를 잊어버려,
에미를 잊어버려,
형제와, 친척과, 동무를 잊어버려,
마지막 네 계집을 잊어버려,

알라스카로 가라, 아니 아라비아로 가라,
아니 아메리카로 가라, 아니 아프리카로
가라, 아니 침몰하라, 침몰하라, 침몰하라!

오… 어지러운 심장의 무게 위에 풀잎처럼 흘날리는
  머리칼을 달고
이리도 괴로운 나는 어찌 끝끝내 바다에 그득해야 하는가.
눈뜨라. 사랑하는 눈을 뜨라… 청년아.
산 바다의 어느 동서남북으로도
밤과 피에 젖은 국토가 있다.

알라스카로 가라!
아라비아로 가라!
아메리카로 가라!
아프리카로 가라!

서정주는 한국 현대시인이다. 바다를 노래한 이 시에서 내

심의 번민을 나타냈다. 바다와 자기만 있는 상황에서, "무수한 물결 우에 무수한 밤이 왕래"하니 길은 어디든지 있을 것 같으나 아무 데도 없다고 했다. 고독하게 번민하는 심정을 어두운 바다로 나타내면서 자기는 헤어나지 못한다고 했다.

그러고는 나와는 다른 인물인 청년을 향해서 하는 말로 시를 이어나갔다. 육친을 모두 잃는 수난을 당해도 "사랑하는 눈을 뜨"고, "산 바다의 어느 동서남북으로도 밤과 피에 젖은 국토가 있"으니 멀리멀리 가라고 했다. 짙은 슬픔을 처절하게 하소연하기 위해 적극적으로 나서라고 했다.

나의 분신이 그 청년이라고 할 수 있다. 고독하고 슬퍼서 괴로워하는 심정이 바다처럼 격동하는 것은 같다. 나는 해안에 머물러 있고 앞으로 나아가지 못하지만, 청년은 바다를 건너 어디까지든지 가라고 했다. 자기가 무력한 것은 나이와 관련된다고 여겨 청년을 분신으로 내세워 새로운 희망을 말했다.

조병화, 〈바다〉

사랑하는 사람아
그리운 사람아
먼 곳에 있는 사람아

바다가 우는 걸 본 일이 있는가
바다가 흐느끼는 걸 본 일이 있는가
바다가 혼자서 혼자서
스스로의 가슴을 깎아내리는
그 흐느끼는 울음소리를 들은 일이 있는가

네게로 영 갈 수 없는
수많은 세월을

절망으로 깨지며 깨지며
혼자서 혼자서 사그라져 내리는
그 바다의 울음소리를 들은 일이 있는가

조병화는 한국 현대시인이다. 이 시에서 바다에서 들리는 소리가 울음소리라고 했다. 자기가 외로워 내는 울음소리가 바다에서 난다고 했다. 자기 내면에 바다가 울음소리를 내는 것 같은 크나큰 슬픔이 있다는 말이다.

정호승, 〈바닷가에 대하여〉

누구나 바닷가 하나씩은 자기만의 바닷가가 있는 게 좋다
누구나 바닷가 하나씩은 언제나 찾아갈 수 있는
자기만의 바닷가가 있는 게 좋다
잠자는 지구의 고요한 숨소리를 듣고 싶을 때
지구 위를 걸어가는 새들의 작은 발소리를 듣고 싶을 때
새들과 함께 수평선 위로 걸어가고 싶을 때
친구를 위해 내 목숨을 버리지 못했을 때
서럽게 우는 어머니를 껴안고 함께 울었을 때
모내기가 끝난 무논의 저수지 둑 위에서
자살한 어머니의 고무신 한 짝을 발견했을 때
바다의 뜬 보름달을 향해 촛불을 켜놓고 하염없이
두 손 모아 절을 하고 싶을 때
바닷가 기슭으로만 기슭으로만 끝없이 달려가고 싶을 때
누구나 자기만의 바닷가가 하나씩 있으면 좋다
자기만의 바닷가로 달려가 쓰러지는 게 좋다

정호승은 한국 현대시인이다. 누구나 자기만의 바다가 있어서 간절한 생각을 토로하면서 "달려가 쓰러지는 게 좋다"고 했다. 내적 독백을 하면서 위안을 얻을 수 있는 마음의 공간을 바다라고 했다. 마음의 공간이 넓고 깊어야 하므로 바다라고 했다.

미쇼Henri Michaux, 〈바다La mer〉

Ce que je sais, ce qui est mien, c'est la mer indéfinie.
À vingt et un ans, je m'évadai de la vie des villes, m'engageai,
　　fus marin. Il y avait des travaux à bord. J'étais
　　étonné. J'avais pensé que sur un bateau on regardait
　　la mer, qu'on regardait sans fin la mer.
Les bateaux furent désarmés. C'était le chômage des gens de
　　mer qui commençait.
Tournant le dos, je partis, je ne dis rien, j'avais la mer en
　　moi, la mer éternellement autour de moi.
Quelle mer ? Voilà ce que je serais bien empêché de préciser.

내가 아는 것, 내 것, 그것은 규정되지 않는 바다이다.
스물한 살 때 나는 도시의 삶에서 벗어나 일자리를 얻어
　　뱃사람이 되었다. 배 위에서는 바다를 바라본다
　　고. 끝없는 바다를 바라본다고 생각했다.
배가 출항하지 않게 되었다. 뱃사람들의 휴직 상태가
　　시작되었다.
등을 돌리고 나는 떠났으며, 아무 말도 하지 않았다.
　　나는 바다를 나에게서 보았다. 영원히 내 주위에
　　있는 바다를.
어떤 바다? 방해받아 명확하게 하지 못할 바다이다.

　　미쇼는 프랑스 현대시인이다. 이 시는 "도시의 삶에서" 벗어
나려고 바다로 갔다는 것이 흔히 있는 생각이어서 평범한 작품
인 것 같다. 그런데 바다가 둘이다. 제2행에서 뱃사람이 되어
배 위에서 바라보는 바다는 "끝없다"고 한 것 이상의 무엇은
아니다. 제3·4행에서는 뱃사람 노릇을 하지 못하게 되어 다
시 떠나가 자기 자신에게서 다른 바다를 보았다고 했다. 이것
은 "규정되지 않는 바다"라고 제1행에서 이미 말하고, 제5행
에서는 명확하게 하려고 하면 대상의 방해를 받아 "명확하게

164

하지 못할 바다"라고 했다.

"도시의 삶에서" 벗어나려고 하는 탈출이 일상생활의 제한을 넘어서서 "끝없다"고 하는 바다로 공간 이동을 해서는 바람직하게 이루어지지 않는다고 했다. 바다를 예찬하고 바다로 나가서 해방을 얻겠다고 하는 수많은 시와 다른 생각을 폈다. 진정한 바다는 자기 내면이나 주위에 있으며, 공간의 무한함과는 다른 특성을 지녀, 규정되지 않고, 명확하게 하지 못한다고 하는 것 이상의 설명이 불가능하다고 했다.

규정되지 않고 명확하게 하지 못하는 내면의 바다는 무엇인가? 말을 불신하고 말을 넘어선 것을 말로 잡아낼 수는 없다. 헤아릴 수 없는 가능성이라고 하면 가능한 범위 안에서 근사치를 얻었다고 할 수 있다. 불교의 용어를 사용해 '이언진여"(離言眞如)와 상통한다고 하면 어느 정도 근접된 해석이라고 할 만하다. '이언진여'(離言眞如)에 관해 알리려면 '의언진여'(依言眞如)를 방편으로 삼을 수밖에 없다. 원효(元曉)의 지론을 가져와 이용한다. 불교에서는 '의언진여'(依言眞如)의 방편으로 가명(假名)의 역설을 사용하는 것이 예사이다. 이 시인은 첫째 바다와 둘째 바다가 다르다고 하는 쉬운 방법을 찾았다.

페르스Saint-John Perse, 〈바다Mer〉

Et j'irai le long de la mer éternelle
Qui bave et gémit en les roches concaves,
En tordant sa queue en les roches concaves ;
J'irai tout le long de la mer éternelle.
Je viendrai déposer, ô mer maternelle,
Parmi les varechs et parmi les épaves,
Mes rêves et mon orgueil, mornes épaves,
Pour que tu les berces, ô mer maternelle.

나는 영원한 바다를 따라서 가리라.

바다도 험한 바위에서는 거품을 품고 신음한다.

바다도 험한 바위에서는 꼬리를 뒤틀고 있다.

나는 영원한 바다를 따라서 가리라.

나는 내려놓으리라, 오 어머니 바다여,

해조류 사이에, 난파선 잔해 사이에,

나의 꿈과 자만심. 이 음울한 난파선을

내려놓으면 어머니 바다가 어루만져 주리라.

생-종 페르스는 프랑스 현대시인이다. 1960년에 노벨문학상을 받아 알려졌다. 나는 서울대학 불문과 학생 시절에 대학신문의 청탁을 받고, 자료를 급히 구해 이 시인을 자못 장황하게 소개한 적이 있다. 웅대한 구상을 갖추고 시를 길게 쓰는 것을 장기로 삼는데, 이 시는 짧아서 특이하지만 발상은 단순하지 않다.

바다가 "영원한 바다"이고 "어머니 바다"라고 했다. 모든 것을 해결해주는 궁극의 실체가 무한하게 펼쳐져 있다는 말이다. 바다가 행복하기만 한 것은 아니고, 신음하고 뒤틀린다고 했다. 맑고 투명하기만 하지 않고, 해조류도 있고 난파선도 있다고 했다. 사람의 삶과 다르지 않게 시련을 겪으므로 다가가 위안을 얻을 수 있다고 했다.

마지막 대목에 할 말이 집약되어 있다. 음울한 난파선에 지나지 않는 자기의 "꿈과 자만심을" 바다의 "해조류 사이에, 난파선 잔해 사이에" "내려놓으면 어머니 바다가 어루만져 주리라"고 했다. 자기는 별나다고 여기는 착각을 모든 것을 해결해주는 궁극의 실체와 만나 시정하겠다고 했다.

제10장
인생의 길을 가면서

두갠 Francis Duggan, 〈위 아래로 구블구블한 인생의 길 The Roads Of Life Keep Winding Up And Down〉

The roads of life keep winding up and down
They take us to obscurity and renown
It is a journey we must undertake
And along the way there's joy and there's heartbreak.

A journey that one day does have an end
Along the way we do make many a friend
And having said that here and there a foe
As on the road that leads through life we go.

Their road through life to fame some people lead
They are the people destined to succeed
Whilst many fame and fortune never know
For their life journey little they do show.

The journey through life at birth does begin
For baby who is born free of sin
But the innocence of youth is quickly lost
Survival instincts come at a great cost.

And the innocence we are born with erode
As we journey on along our great life's road
A new day and new challenge greets us at every bend
On our journey that one day must have an end.

위 아래로 구불구불한 인생의 길
우리를 감추기도 하고 드러내기도 하고,
하지 않을 수 없는 여행을 하게 한다.
길에는 즐거움도 있고 가슴 아픔도 있다.

어느 날에는 끝이 날 여행을 하면서
길에서 많은 벗들과 만나기도 하고,
여기 저기 적대자가 있다고도 한다.
인생을 가로지르는 행로로 우리는 간다.

명성을 추구하는 길로 줄곧 나아가
잘 되게 되어 있는 사람들도 있고,
명성이나 행운은 알지 못하고 살아
내세울 것이라고는 없는 사람도 있다.

태어나면 바로 인생행로가 시작된다.
어린 아이는 죄가 없이 태어나지만,
순진한 젊은 시절이 빨리 사라지고
생존의 본능이 비싼 대가를 치른다.

타고난 순진함이 부식되는 동안
우리는 인생이 위대하다는 길을 간다.
새로운 나날, 도전을 고비마다 만나다가,
우리 여행은 언젠가 끝나지 않을 수 없다.

　두갠은 아일랜드 출신인 오스트랠리어 현대시인이다. 인생 행로가 무엇인지 적실하게 밝히는 시를 써서 필요한 말을 갖추어 했다. 길이 위 아래로 구불구불해 좋고 나쁜 것이 교체된다고 했다. 사는 동안 타고난 순진함이 사라진다고 하고, 인생은 덧없다고 탄식하지는 않는 것이 서양인다운 발상이다.

서정주, 〈역려(逆旅)〉

샛길로 샛길로만 쫓겨가다가

한바탕 가시밭을 휘젓고 나서면
다리는 훌쳐 육회 쳐 놓은 듯,
핏방울이 내려져 바윗돌을 적시고...

아무도 없는 곳이기에 고이는 눈물이면
손아귀에 닿는 대로 떫고 쓴 산열매를 따 먹으며
나는 함부로 줄달음질친다.

산새 우는 세월 속에 붉게 물든 산열매는,
먹고 가며 해 보면
눈이 금시 밝아오더라.

잊어버리자. 잊어버리자.
희부연 종이 등불 밑에 애비와, 에미와, 계집을,
그들의 슬픈 습관, 서러운 언어를,
찢긴 흰옷과 같이 벗어 던져 버리고
이제 사실 나의 위장은 표범을 닮아야 한다.

거기 거리 쇠창살이 나를 한때 가두어도
나오면 다시 한결 날카로워지는 망자!
열민 붉은 옷을 다시 입힌대도
나의 소망은 열적의 사막 저편에 불타오르는 바다!

가리라 가리로다 꽃다운 이 연륜을 천심에 던져,
옮기는 발길마다 독사의 눈깔이 별처럼 총총히 묻혀 있다는
모래언덕 넘어... 모래언덕 넘어...

그 어디 한 포기 크낙한 꽃그늘,
부질없이 푸르른 바람결에 씻기우는 한낱 해골로 놓일
  지라도

나의 염원은 언제나 끝가는 열락이어야 한다.

서정주는 한국 현대시인이다. 이 시에서 인생의 행로를 노래했다. "역려"라는 제목은 여관을 뜻한다. 인생살이는 여관에서 자고 가는 것과 같다고 여겨 "역려"라는 말이 덧없는 인생을 뜻하기도 한다. 고달픈 인생을 힘들게 살면서도 좌절하지 않고 즐거움을 찾아간다고 했다.

기형도, 〈여행자〉

그는 말을 듣지 않는 자신의 육체를 침대 위에 집어던진다
그의 마음속에 가득 찬, 오래된 잡동사니들이 일제히 절
  그럭거린다
이 목소리는 누구의 것인가, 무슨 이야기부터 해야 할 것
  인가
나는 이곳까지 열심히 걸어왔다, 시무룩한 낯짝을 보인
  적도 없다
오오, 나는 알 수 없다, 이곳 사람들은 도대체 무엇을 보
  고 내 정체를 눈치챘을까
그는 탄식한다, 그는 완전히 다르게 살고 싶었다, 나에게
  도 그만한 권리는 있지 않은가
모퉁이에서 마주친 노파, 술집에서 만난 고양이까지 나
  를 거들떠보지도 않았다
중얼거린다, 무엇이 그를 이곳까지 질질 끌고 왔는지, 그
  는 더 이상 기억도 못 한다
그럴 수도 있다, 그는 낡아빠진 구두에 쑤셔박힌, 길쭉하
  고 가늘은
자신의 다리를 바라보고 동물처럼 울부짖는다, 그렇다면
  도대체 또 어디로 간단 말인가!

기형도는 한국 현대시인이다. 이 시에서 살아가는 것을 나그네 길이라고 했다. 아무도 알아주지 않는 초라한 삶을 외롭게 이끌면서 어디로 간다는 말인가 하고 자기 자신에게 물었다.

안도현, 〈나그네〉

그대에게 가는 길이
세상에 있나 해서,

길 따라 나섰다가
여기까지 왔습니다.

끝없는 그리움이
나에게는 힘이 되어,

내 스스로 길이 되어
그대에게 갑니다.

안도현은 한국 현대시인이다. 이 시에는 "그대에게" 간다는 목표가 있고, "끝없는 그리움"이라는 동기가 있다. 길이 따로 있지 않고 "내 스스로 길이 되어" 살아간다고 했다. 길을 가는 것인가, 길이 가는 것인가? 인생에 대해 커다란 의문을 던진다.

조병화, 〈길〉

산을 넘어도 산
고개를 넘어도 고개
개울을 넘어도 개울

길은 그저 묵묵히 간다.

어디로 가고 있는 건가
사방 텅 비어 있는 우주
끝이 보이지 않는 길
길은 그저 묵묵히 이어진다.

길을 따라 나선 마음
기다리는 사람은 없어도
그저 길을 따라 가고픈 마음.

산을 넘어도 고개를 넘어도
개울을 넘어도 산을 넘어도
그저 묵묵한 길.

   조병화는 한국 현대시인이다. 이 시에서 그저 묵묵히 길을 간다고 했다. 산을 넘고 개울을 건너 끝이 보이지 않는 길을 간다고 했다. 길을 간다는 것은 산다는 말이다. 이유나 방향을 묻지 않고, "텅 빈 우주에서" 외롭게 산다고 했다.

이성선, 〈구름과 바람의 길〉

실수는 삶을 쓸쓸하게 한다.
실패는 생(生) 전부를 외롭게 한다.
구름은 늘 실수하고
바람은 언제나 실패한다.
나는 구름과 바람의 길을 걷는다.
물속을 들여다보면
구름은 항상 쓸쓸히 아름답고

바람은 온 밤을 갈대와 울며 지샌다.

누구도 돌아보지 않는 길
구름과 바람의 길이 나의 길이다

　이성선은 한국 현대시인이다. 구름과 바람의 길을 간다고 해서 방랑자가 흔히 하는 말을 한 것 같다. 구름과 바람의 길은 쓸쓸하고 누구도 돌보지 않는다고 한 것도 새삼스럽지 않다.
　그런데 "구름은 늘 실수하고 바람은 언제나 실패한다"고 한 것은 들어보지 못한 말이다. 사람은 고난을 겪지만 구름과 바람은 초탈한 경지에서 논다고 하는 생각을 부정했다. 구름이나 바람에게서 위안을 얻어 고난에서 벗어나고자 하는 헛된 희망을 버렸다. 구름은 실수하고 바람은 실패하는 것을 알고, 그 길을 따라 가겠다는 것이 자기만의 결단이다.

타카무라 코우타로(高村光太郎), 〈도정(道程)〉

僕の前に道はない
僕の後ろに道は出来る
ああ、自然よ
父よ
僕を一人立ちさせた広大な父よ
僕から目を離さないで守る事をせよ
常に父の気魄(きはく)を僕に充たせよ
この遠い道程のため
この遠い道程のため

내 앞에 길은 없다.
내 뒤에 길은 만들어진다.
아아, 자연이여,
아버지여.

나를 홀로 세운 광대한 아버지여.
내게서 눈을 떼지 말고 지키도록 해주세요.
항상 아버지의 기백을 내게 가득 채워주세요.
이 먼 도정을 위해,
이 먼 도정을 위해.

이 사람은 일본 근대시인이다. 제목의 "도정"은 가는 길이라는 말인데, 이 시에서 인생의 길을 뜻한다. 길이 없으면 만들어야 한다고 했다. 자연을 아버지로 하고, 자연의 기백을 지니고 앞으로 나아가겠다고 했다.

그라네Esther Granek, 〈되돌아오지 말아라Ne te retourne pas〉

Sur le chemin où tu chemines
jour après jour, face au levant,
musardant ou ployant l'échine,
et parfois aux heures divines
cueillant la fleur et contemplant,
l'oeil attendri,
dans l'écrin de tes paumes unies
des étamines et des corolles
aux lignes rares, ou sages, ou folles,
sur ce chemin de tous les temps,
pour qu'en tes mains ouvertes en bol
où tu regardes en t'émouvant
ne se faufile, s'interposant,
l'image aux traits si dégrisants
des lendemains de fleurs d'antan,
ne te retourne pas

Sur le chemin qui se déroule
de par ton pas poussant ton pas
flanqué d'écarts un peu mabouls
dont tu te soûles
dès qu'ils sont parés d'une aura,
sur ce chemin où tu louvoies
à ton gré ou contre la houle
entre deux murs longeant ta voie,
sortes d'invisibles parois
tel un couloir à ciel ouvert
(bâbord, tribord semblant offerts)
sur ce chemin qui se déploie,
toi qui te crois libre et le clames,
fier d'un zigzag baptisé « choix »
et que tu choies comme on se came,
si tu ne te veux peine en l'âme,
ne te retourne pas.

너는 길을 가는구나.
날마다 해 뜨는 곳을 향해
빈둥거리고 등을 구부리고,
이따금 성스러운 시간에
꽃을 꺾고 명상에 잠기고,
감동하는 눈으로
손바닥을 맞대 보석상자를 만들어,
얇은 천이나 꽃다발의
진귀하고, 정숙하고, 열광적인 대열,
이 길에서 언제나
너는 손을 둥글게 펴고,
감동하면서 바라보고
빠져나가지 않고 끼어들어,
환상에서 깨어나는 모습들

옛적의 꽃들이 핀 다음 날,
되돌아오지 말아라.

펼쳐져 있는 길 위에서
발걸음으로 발걸음을 밀어내며,
머리 돌게 하는 녀석들은 밀어두고
진절머리가 나게 하니,
신령스러운 기운 가까운 곳으로
바람을 거슬러 길을 가면서,
네가 좋은 대로 파도와 맞서고
길에 이어져 있는 두 벽 사이로 가서,
보이지 않는 칸막이에서 벗어나
하늘이 열린 빛이 나는 곳으로.
(배의 좌현과 우현이 봉헌되니)
뻗어 있는 이 길 위로
자유롭다고 생각하고 주장하는 너는
우왕좌왕하는 것을 선택이라고 자랑하고,
네가 선택하는 것에 도취되어
마음 아픈 것은 바라지 말고,
되돌아오지 말아라.

그라네는 벨기에의 현대 여성시인이며, 프랑스어로 창작했다. 위에서 〈탈출〉이라는 작품을 보았다. 여성다운 감수성으로 오묘하게 짜인 시를 썼다. 인생행로를 자기 나름대로 말한 이 시도 그런 것 가운데 하나이다. 언어 세공이 지나쳐 번역하기 어렵고 이해가 쉽지 않다. 이치를 따지려고 하지 말고 감각으로 받아들이는 것이 마땅하다.

"너"는 자기 자신의 분신이라고 보는 것이 마땅하다. 자기 내심에서 다짐하는 말을 "너"에게 하는 말로 나타냈다. 살아가는 것이 제1연에서는 꽃다발을 받아드는 느낌을 주어 즐겁다

고 하고. 제2연에서는 악천후에 항해를 하는 것 같아 힘들다고
했다. 즐겁거나 괴롭거나 앞으로 나아가기만 하고 되돌아오려
고 하지 말라고 했다.

"손바닥을 맞대 보석상자를 만들어, 얇은 천이나 꽃다발의
진귀하고, 정숙하고, 열광적인 대열"이라고 한 말, 그 전후의
표현은 인생의 아름다움에 도취되어 떠오르는 환상을 말한 것
이다. "손바닥을 맞대"는 감사하고 기도하는 자세이다. 그렇게
하면 마음에 보석상자가 생겨, 온갖 진귀한 것들이 생긴다고
했다. 진귀한 것들이 무엇인지 하나하나 이해하려고 할 필요
는 없다.

"배의 좌현과 우현이 봉헌되니"는 설명이 필요한 말이다. 인
생의 항해를 하고 있는데 배의 좌현이 보였다가 우현이 보였다
가 하는 것은 파도가 심하다는 말이다. 그래도 고난을 한탄하
지 말자고 "봉헌"이라는 말을 썼다. "봉헌"은 가톨릭 예배 때
신에게 바치는 물건이다. 시련을 신성하다고 여기자고 했다.

릴케Rainer Maria Rilke, 〈나는 내 삶을 산다Ich lebe mein
Leben〉

Ich lebe mein Leben in wachsenden Ringen,
die sich über die Dinge ziehn.
Ich werde den letzten vielleicht nicht vollbringen,
aber versuchen will ich ihn.

Ich kreise um Gott, um den uralten Turm,
und ich kreise jahrtausendelang;
und ich weiß noch nicht: bin ich ein Falke, ein Sturm
oder ein großer Gesang.

나는 내 삶을 커져가는 동그라미 속에서 산다.
동그라미가 사물 위로 뻗어간다.

나는 끝내 동그라미를 완성할 수 없을지 모른다.
그래도 시도해본다.

나는 신의 주위를, 아주 오래 된 탑의 주위를 돈다.
몇천 년이나 돈다.
나는 아직도 모른다. 내가 매인지, 폭풍인지,
위대한 노래인지.

릴케는 오늘날의 체코 땅 보헤미아에서 태어난 독일어 시인
이다. 예사롭지 않은 표현으로 이해하기 어려운 생각을 구현
했다. 이 시는 제목에서 말했듯이 인생행로를 다루면서 예상
하지 않은 방향으로 나아갔다. 깊이 생각해야 무엇을 말하는
지 알 수 있다.

　제1연에서 인생행로는 직선으로 나아간다는 통념을 깨고 동
그라미 그리기라고 했다. 동그라미가 자꾸 커진다고 했다. 출
발점으로 복귀하면서 경험을 축적하고 사고가 확대되므로 하
는 말이라고 생각된다. 동그라미가 아무리 커져도 완성될 수
는 없는데 완성되기를 바라고 노력한다고 하는 것도 이해 가능
한 말이다.

　제2연에서 "신의 주위를, 아주 오래 된 탑의 주위를 돈다"고
한 것은 종교적인 이상을 지니고 장구한 문화를 이으면서 살
아간다는 말이다. 몇천 년 동안의 축적을 체험하므로 "몇천 년
이나 돈다"고 했다. 위대한 유산 언저리를 돌면서 자기가 하는
행위는 어느 수준인지 모르겠다고 했다. 매와 같은 짓을 하면
서 먹이나 노리는가? 폭풍 노릇을 하면서 흔들어놓고 훼손하
기나 하는가? 시인이 할 일을 해서 위대한 노래를 부르는가?
이렇게 물었다.

제II장
탐구의 여로

랭보Arthur Rimbeaud, 〈나의 방랑: 환상Ma Bohème: Fantaisie〉

Je m'en allais, les poings dans mes poches crevées ;
Mon paletot aussi devenait idéal ;
J'allais sous le ciel, Muse ! et j'étais ton féal ;
Oh ! là là ! que d'amours splendides j'ai rêvées !

Mon unique culotte avait un large trou.
— Petit—Poucet rêveur, j'égrenais dans ma course
Des rimes. Mon auberge était à la Grande Ourse.
— Mes étoiles au ciel avaient un doux frou—frou

Et je les écoutais, assis au bord des routes,
Ces bons soirs de septembre où je sentais des gouttes
De rosée à mon front, comme un vin de vigueur ;

Où, rimant au milieu des ombres fantastiques,
Comme des lyres, je tirais les élastiques
De mes souliers blessés, un pied près de mon coeur !

나는 떠나갔다, 터진 주머니에 손을 넣고.
겉만 남은 외투라도 입었다고 상상하고.
나는 하늘 아래로 갔다. 뮤즈여! 나는 그대의 숭배자였다.
오! 거기서, 거기서! 얼마나 찬란한 사랑을 꿈꾸었던가!

단벌 반바지에는 큰 구멍이 나 있어,
작은 엄지 몽상가인 나는 길에다 운(韻)을 뿌렸다.
나의 오막살이는 큰곰자리에 있어
별들이 하늘에서 기분 좋게 사각거렸다.

그리고 나는 길을 가면서도 그 소리를 들었다.

아름다운 구월 저녁에 내 이마에서 느껴졌다,
원기 돋우는 포도주 같은 이슬이 맺힌 것을.

환상을 자아내는 그늘에서 운을 맞추면서
리라를 연주하듯이 낡은 신발의 고무줄을 당겼다.
발을 가슴 가까운 곳에다 가져다 놓고.

　랭보는 프랑스 상징주의 시인이다. 어린 시절에 놀라운 발상을 보여주어 알려졌다. 여기서는 방랑이 새로운 시를 창조하는 탐색이고 모험이다. 시인에 관한 시, 시에 관한 시를 지었다. 〈방랑〉이라는 제목에다 〈환상〉이라는 말을 붙여 방랑에서 얻는 환상에서 아름다운 창작이 이루어진다고 했다. 제1연에서 초라한 행색을 하고서도 멀리까지 가서 시의 여신 뮤즈에게 숭배자의 찬사를 바치면서 "찬란한 사랑"이라고 한 대단한 시를 창작한다고 했다.

　제2연을 이해하려면 "작은 엄지"를 알아야 한다. 작은 엄지는 프랑스 사람 페로(Charles Parrault)가 지은 동화에 나오는 주인공이다. 가난한 벌목꾼의 일곱 아이 가운데 막내를 덩치가 작아 "작은"이라는 말을 붙이고 영리해 "엄지"라고 했다. 부모가 아이들을 기를 능력이 없어 밖을 볼 수 없게 싸서 숲속으로 데려가 버릴 때 작은 엄지가 주머니에 넣어두었던 조약돌을 하나씩 떨어뜨려 길을 찾을 수 있었다. 지혜가 많아 다른 위기도 극복하고 형들을 구출했다.

　시인은 작은 엄지처럼 버림받아 방랑하는 신세가 되었다고 했다. 작은 엄지가 길에 조약돌을 하나씩 떨어뜨려 길을 찾을 수 있었듯이, 자기는 시의 운(韻)을 길에다 뿌려 세상으로 돌아올 수 있는 방법을 마련했다고 했다. 시 창작은 방랑의 소산이면서 세상에 복귀하는 통로라고 여겼다. 동화 속의 작은 엄지가 밤에 머문 초라한 오막살이가 큰곰자리 별들이 보이는 곳에 있었다는 것을 자기가 큰곰자리까지 갔다고 바꾸어 놓고 싱상의 폭을 최대한 넓혔다. 자기는 작은 엄지 같은 작지만 슬기로운 시인이라고 하고, 발상이 얼마든지 뻗어날 수 있는 시를 창작한다고 했다.

제3연에서는 방랑을 하면서 겪는 실제 상황에다 아름다운 착상을 보탰다. 길을 가면서 별들이 사각거리는 소리를 듣는다고 하고, 이마에 맺힌 땀이 원기를 돋우는 포도주 같은 이슬이라고 했다. 제4연에서는 시 창작의 현장을 보여주었다. "환상을 자아내는 그늘에서 운을 맞추면서", 품격 높은 악기 "리라를 연주"하는 것 같은 고귀한 창작이 "낡은 신발"을 "가슴 가까운 곳"에다 가져다 놓고 "고무줄을 당기는" 비속한 행위에서 이루어진다고 했다. 시인은 초라하고 추한 모습으로 살아가므로 아름다움 창조의 높은 경지에 이른다고 했다.

조지훈, 〈빛을 찾아 가는 길〉

사슴이랑 이리 함께 산길을 가며
바위 틈에 어리우는 물을 마시면

살아 있는 즐거움의 저 언덕에서
아련히 풀피리도 들려오누나.

해바라기 닮아 가는 내 눈동자는
자운 피어나는 청동의 향로

동해 동녘 바다에 해 떠 오는 아침에
북받치는 설움을 하소하리라.

돌뿌리 가시밭에 다친 발길이
아물어 꽃잎에 스치는 날은

푸나무에 열리는 과일을 따며
춤과 노래도 가꾸어 보자.

빛을 찾아가는 길의 나의 노래는
슬픈 구름 걷어 가는 바람이 되라.

　조지훈은 한국 현대시인이다. 〈혼자서 가는 길〉에서는 절망
에 사로잡혔다가, 여기서는 희망을 찾았다. "빛을 찾아가는 길
의 나의 노래는/ 슬픈 구름 걷어 가는 바람이 되라"고 한 마지
막 두 줄에 하려고 한 말이 집약되어 있다. 슬픔을 이겨내려고
빛을 찾아 간다고 했다. 가는 길에 고난을 겪어도 노래를 부른
다고 했다. 노래는 슬픔을 걷어내는 바람이 된다고 했다.
　가는 길이 인생의 길이다. 인생이 고달프더라도 희망을 가지
자고 했다. 인생의 고달픔 때문에 좌절하지 않고 희망을 말하
면서 용기를 북돋우려고 노래를 부른다고 했다. 노래를 부르
는 것은 시인이 할 일이다. 시인이 인생살이를 위해 무엇을 할
수 있는지 말했다.

니체Friedrich Nietzsche, 〈신비로운 조각배Der geheimnisvolle
Nachen〉

Gestern Nachts, als alles schlief,
Kaum der Wind mit ungewissen
Seufzern durch die Gassen lief,
Gab mir Ruhe nicht das Kissen,
Noch der Mohn, noch, was sonst tief
Schlafen macht, – ein gut Gewissen.

Endlich schlug ich mir den Schlaf
Aus dem Sinn und lief zum Strande.

Mondhell war's und mild, – ich traf
Mann und Kahn auf warmem Sande,
Schläfrig beide, Hirt und Schaf: –
Schläfrig stiess der Kahn vom Lande.

Eine Stunde, leicht auch zwei,
Oder war's ein Jahr? – da sanken
Plötzlich mir Sinn und Gedanken
In ein ew'ges Einerlei,
Und ein Abgrund ohne Schranken
Tat sich auf: – da war's vorbei!

– Morgen kam: auf schwarzen Tiefen
Steht ein Kahn und ruht und ruht ...
Was geschah? so rief's, so riefen
Hundert bald: was gab es? Blut?,,,
Nichts geschah! Wir schliefen, schliefen
Alle ... ach, so gut! so gut!

어제 밤 모두 잠들었을 때,
무언지 모를 탄식을 하면서
바람이 골목으로 지나가자,
베개도, 마약도, 다른 무엇도
나를 쉬도록 하지 못하고,
마음 편하게 잠들게 하지 못했네.

마침내 나는 잠자리를 박차고 일어나
정신없이 바닷가로 달려 나갔네.
달빛이 부드러운 데서 나는 만났네.
따뜻한 모래 위의 사람과 조각배를.
양치기와 양처럼 둘 다 졸고 있는
졸면서 육지에서 조각배로 올라갔네.

한 시간, 가볍게 두 시간이나,
아니면 한 해가 지나갔나?
거기서 갑자기 내 정신, 내 생각이
영원한 단조로움 속으로 빠져들었다.
그리고 무한한 심연이
열리고서, 다시 사라져버렸다.

아침이 찾아왔다. 검은 심연 위에 얹힌
조각배가 쉬고 있었다, 쉬고 있었다...
"무슨 일이 있었나?" 이렇게 외쳤다. 이렇게 외쳤다.
금방 수백 명이: "무슨 일이냐? 피가?"
아무 일도 없었다! 우리는 잤다, 잤다.
모든 것이... 오, 아주 좋다, 아주 좋다.

　니체는 근대독일의 철학자이다. 철학을 하면서 시도 지었다.
이 시에서는 내면을 탐구하는 정신의 여행에 관해 구체적인 사
건을 만들어 알려주었다.
　제1연에서 다른 사람은 모두 잠들었을 때 자기는 "무언지 모
를 탄식을 하면서 바람이 골목으로 지나"갔다고 한 불안한 생
각이 들어서 잠들지 못했다고 했다. 제2연에서 잠자리를 박차
고 일어나 바닷가로 나가 조각배를 탔다고 하는 것은 실제 상
황이 아니고 꿈속에서 일어난 일이다. 제3연에서 대면했다고
하는 "영원한 단조로움", "무한한 심연"은 철학을 하는 시인이
해명하고자 하는 궁극의 원리이다.
　그것은 논증이 아닌 각성의 대상이다. 깨어 있을 때의 명징
한 논리가 아닌 잠든 상태의 신비한 체험으로 접근하는 것이
마땅하다고 여겨 이런 시를 지었다. 제4연에서 아침이 되자 사
람들이 몰려와 무슨 일이 있었느냐 하고 소동을 벌였다고 하면
서 신비한 체험을 남들이 이해하지 못하고, 각성한 바를 이해
시기기 어려운 사정을 말했다.

유치환, 〈생명의 서〉

나의 지식이 독한 회의를 구하지 못하고
내 또한 삶의 애증을 다 짐지지 못하여
병든 나무처럼 생명이 부대낄 때
저 머나먼 아라비아의 사막으로 나는 가자.

거기는 한 번 뜬 백일(白日)이 불사신같이 작열하고
일체가 모래 속에 사멸한 영겁(永劫)의 허적(虛寂)에
오직 알라의 신만이
밤마다 고민하고 방황하는 열사의 끝.

 그 열렬한 고독 가운데
옷자락을 나부끼고 호올로 서면
운명처럼 반드시 "나"와 대면(對面)케 될지니

하여 "나"란, 나의 생명이란
그 원시의 본연한 자태를 다시 배우지 못하거든
차라리 나는 어느 사구(沙丘)에 회한 없는 백골을 쪼이리라.

　유치환은 한국 현대시인이다. 유치환도 이 작품에서 내면을
탐구하는 정신의 여행을 했으며, 앞에서 든 니체, 〈신비로운
조각배〉와 주목할 만한 공통점이 있다. 지식에 대한 회의를 나
타낸 것은 논리적 사고로는 궁극의 원리를 알아내지 못한다고
한 니체의 견해와 같다. "영원한 단조로움", "무한한 심연"이
라고 한 것이 여기서는 "나의 생명", "그 원시의 본연한 자태"
이다. 본질 상실에서 회복으로 나아가고자 한 것이 같다.
　그러면서 차이점도 크다. 본질 상실 때문에 잠들지 못한다
고 한 것을 "병든 나무처럼 생명이 부대낀"다는 것으로 바꾸었
다. 자기도 모르게 신비로운 조각배를 탔다는 것 대신에 아라
비아 사막으로 가는 결단을 내린다고 하는 새로운 방법을 택했

다. 아라비아 사막은 극한적인 시련과 고난의 장소이며, 기존 관념의 때가 묻지 않은 원시 상태여서 삶의 본질을 탐구할 수 있는 곳이다. 하룻밤 몇 시간 동안에 본질 탐구가 이루어졌다고 하지 않고 "영겁의 허적"에서 밤마다 고민해도 뜻을 이룬다는 보장은 없고 다만 치열하게 탐구하는 노력을 할 따름이라고 했다.

보들래르Charles Baudelaire, 〈여행Le Voyage〉

Ô Mort, vieux capitaine, il est temps! levons l'ancre!
Ce pays nous ennuie, ô Mort! Appareillons!
Si le ciel et la mer sont noirs comme de l'encre,
Nos coeurs que tu connais sont remplis de rayons!

Verse-nous ton poison pour qu'il nous réconforte!
Nous voulons, tant ce feu nous brûle le cerveau,
Plonger au fond du gouffre, Enfer ou Ciel, qu'importe?
Au fond de l'Inconnu pour trouver du nouveau!

오 늙은 선장인 죽음이여, 때가 되었으니 닻을 들어라!
이곳은 우리를 따분하게 한다. 죽음이여, 준비하자!
하늘과 바다가 먹빛으로 검어지면
너는 알지, 나는 우리 마음에는 빛이 가득하다.

너의 독을 우리에게 부어 우리를 위로해다오.
우리는 바란다, 그 불이 우리의 뇌를 태울 때
심연의 바닥에 잠긴 것을. 지옥이나 천국이 무슨 상관인가?
미지의 바닥에서 새로운 것을 찾으려고.

보들래르는 프랑스 상징주의 시인이다. 〈여행〉 연작 시 8편을 지었는데, 이것이 8번이다. 제1연 서두에서 삶이 따분하니

죽음으로 가는 배의 선장에게 닻을 올리라고 했다. 그런데 제2
연 말미에서는 죽음이 "미지의 바닥에서 새로운 것을 찾"는 곳
이라고 했다. 죽음이 종말이기만 하지 않고 새로운 출발이라
고 했다.

내세를 생각하고 한 말인가? 아니다. 니체, 〈신비로운 조각
배〉나유치환, 〈생명의 서〉와 연결시켜 생각해보자. 니체가 잠
든 상태의 탐색이라고 한 것이나 유치환이 아라비아 사막으로
가겠다고 한, 일상을 넘어선 극단의 선택이 여기서는 죽음이
다. 니체나 유치환이 말한 것과 같은 본질 상실에서 본질 회복
으로 나아가는 과정을 보들래르는 죽음의 체험이라고 했다.

"미지의 바닥에서 새로운 것을 찾"는다는 것이 앞의 두 시와
같다. "미지의 바닥" 체험은 더욱 심각하게 하고, "새로운 것"
이 무엇인지는 말하지 않았다. 탐구의 자세를 말하고 탐구의
대상은 말하지 않았다.

릴케Rainer Maria Rilke, 〈**세계를 넓히는 방랑자**Weltenweiter
Wandrer〉

Weltenweiter Wandrer
walle fort in Ruh ...
also kennt kein andrer
Menschenleid wie du.

Wenn mit lichtem Leuchten
du beginnst den Lauf,
schlägt der Schmerz die feuchten
Augen zu dir auf.

Drinnen liegt – als riefen
sie dir zu: versteh! –
tief in ihren Tiefen

eine Welt voll Weh ...

Tausend Tränen reden
ewig ungestillt,
und in einer jeden
spiegelt sich dein Bild!

세계를 넓히는 방랑자여
편안하게 나아가라...
너처럼 고통스러워하는
그런 사람은 아무도 없더라도.

빛이 밝은 데서
길을 가기 시작했어도,
젖은 눈이 너에게
고통스러운 길을 열어준다.

그 내부에 놓여 있다 ― 불려온 듯이
너를 향해: 알아라!
깊은 곳에 깊숙이
불행으로 가득 찬 세계가.

수많은 눈물이 말을 한다.
영원한 불만을 가지고.
그리고 그것들이 각기
너의 모습을 비추어준다.

    릴케는 체코 출신이면서 독일어를 사용한 시인이다. 이것은 〈꿈〉("Träumen") 연작 17번 작품이다. 제목이 따로 없어 첫 줄로 제목을 삼았다. "세계를 넓히는 방랑자"라는 말은 지금 살고 있는 세계를 넘어서서 다음 세계까지 가는 방랑자라는 뜻이다. "다음 세계로 가는 방랑자"라고 의역하면 쉽게 이해할 수 있다. 죽음을 말한 것이 앞에서 든 보들래르, 〈여행〉과 같다. 그러면서 죽음이 새로운 출발이라는 생각은 공유하지 않고 종말이기만 하다고 했다. 어떤 위안도 기대할 수 없는 고통과 불행이 가득 찬 종말을 향해 가려면 눈물을 흘리지 않을 수 없다고 제2연에서 제4연까지에서 연속해서 말했다.

이런 시를 왜 지었는가? 연작의 제목 〈꿈〉에서 의문 해결의 단서를 얻을 수 있다. 자기가 실제로 경험한 바를 말해 독자에게 겁을 주려고 한 것은 아니고, 꿈속에서 하는 생각을 독자와 나누어 가지자고 했다. 다가오는 죽음이 삶의 연속인 줄 알고, 제1연에서 말했듯이 편안한 마음으로 방랑을 계속하라고 했다. 고통과 불행이 기다리고 있는 줄 미리 알면 감내할 수 있다고 했다. 눈물을 홀로 흘리지 않고 누구나 흘리니 고독하지 않다고 제4연에서 말했다.

고대 이집트에는 〈죽음 독본〉이라는 것이 있었다. 죽으면 어디로 가서 어떤 일을 겪게 되는지 그림을 그리고 글씨를 써서 알려주는 두루마리 책이다. 저승에 대해서 아는 신관이 특별한 능력을 가지고 작성한 것을 비싸게 사다가 가슴에 얹고는, 안내를 받아 안심할 수 있다고 여겨 임종을 편안하게 맞이했다. 이제 신관을 대신해서 시인이 그림은 없고 글만 있는 〈죽음 독본〉을 마련해, 비싼 값을 치르지 않고 누구나 이용할 수 있게 하니 고마워해야 한다.

예이츠W. B. Yeats, 〈비잔티움으로의 항해Sailing to Byzantium〉

That is no country for old men. The young
In one another's arms, birds in the trees
—Those dying generations—at their song,
The salmon—falls, the mackerel—crowded seas,

Fish, flesh, or fowl, commend all summer long
Whatever is begotten, born, and dies.
Caught in that sensual music all neglect
Monuments of unageing intellect.

An aged man is but a paltry thing,
A tattered coat upon a stick, unless
Soul clap its hands and sing, and louder sing
For every tatter in its mortal dress,
Nor is there singing school but studying
Monuments of its own magnificence;
And therefore I have sailed the seas and come
To the holy city of Byzantium.

O sages standing in God's holy fire
As in the gold mosaic of a wall,
Come from the holy fire, perne in a gyre,
And be the singing-masters of my soul.
Consume my heart away; sick with desire
And fastened to a dying animal
It knows not what it is; and gather me
Into the artifice of eternity.

Once out of nature I shall never take
My bodily form from any natural thing,
But such a form as Grecian goldsmiths make
Of hammered gold and gold enamelling
To keep a drowsy Emperor awake;
Or set upon a golden bough to sing
To lords and ladies of Byzantium
Of what is past, or passing, or to come.

그것은 늙은이의 나라가 아니다.
젊은이들이 서로 껴안고, 저 죽어가는 무리들,

새들은 나무에서 자기네 노래를 부른다.
연어—폭포, 고등어 넘쳐나는 바다.
물고기, 짐승 또는 조류가 여름 내내
잉태되고 태어나고 죽는 것을 모두 뽐낸다.
모두 관능적인 음악에 빠져서
나이 먹지 않는 지성의 기념비를 무시한다.

나이 먹은 사람은 시시한 것이다.
지팡이에 걸쳐놓은 누더기 외투이다.
영혼이 손뼉치고 노래하지 않으면,
헌 옷 가지를 위한 노래를 더 크게 하지 않으면,
영혼의 장엄한 기념물을 공부하는
노래 학교라고 하는 것이 없다면.
그래서 배를 타고 바다를 건너
신성한 도시 비잔티움에 왔다.

오, 황금 모자이크 벽에 있듯이
신의 성스러운 불에 서 있는 성현들이여,
성스러운 불에서 돌아내려와
내 영혼의 노래 선생이 되어주소서.
내 심장이 없어지게 해주소서.
욕망으로 병들고 죽어가는 짐승에게 얽매여
스스로 무엇인지 알지 못하는 심장을.
그리고 나를 영원한 세공품에 넣어주소서.

한 번 자연에서 벗어나면 나는 결코
육신의 형상을 어떤 자연물에서 취하지 않고
그리스의 금세공 장인이 만들어놓은
금 두드리고 금 입힌 형상을 하리라.
졸고 있는 황제를 깨우는,

황금 가지에 올라앉아
비잔티움의 신사숙녀들에게
과거, 현재, 미래를 노래하는 형상을.

예이츠는 아일랜드 근대시인이다. 이 시를 늙은이가 되기 시작한 61세에 지었다. 늙으면 초라하다고 여기지 않고, 젊음을 자랑하기나 해서는 알지 못하는 이상의 세계로 탈출해 시간을 초월한 가치를 찾겠다고 하는 가상의 여행을 한다고 한 시이다. 이상의 세계가 비잔티움이라고 했다.

제1연의 첫 마디 "그것"은 떠나가면서 본 곳을 지칭한 말이다. 자기 나라 아일랜드(현실의 나라)를 떠나 비잔티움(이상의 나라)으로 가면서 한 말이다. "죽어가는 무리들"은 "잉태되고 태어나고 죽는" 모든 것들을 일컫는 말이다.

제2연에서는 늙은이가 "지팡이에 걸쳐놓은 누더기 외투" 꼴이 되지 않으려면 스스로 노력해야 하고 보람 있는 노력을 할 수 있는 곳을 찾아가야 한다고 했다. "every tatter in its mortal dress"는 직역하면 "죽어야 할 옷의 모든 떨어진 가닥"이다. "죽어야 할 옷"은 죽어야 할 늙은이는 옷과 다름없다는 말이다. "헌 옷 가지"라고 줄여서 의역했어도 이런 의미가 있는 것으로 이해할 수 있다.

제3연의 "perne"는 없는 단어여서 해석을 두고 논란이 많은데, "turn"의 뜻으로 보는 견해를 따랐다. 제2연의 "노래 학교"가 제3연 "노래 선생"으로 연결되었다. 노래를 배우겠다고 하다가 세공품에 넣어달라고 한 것이 단계적인 변화이다. 제4연에서는 아름답고 영원한 경지에 이르겠다고 했다.

이 시는 랭보의 〈취한 배〉와 배를 타고 멀리 떠나간다고 한 것은 같고 나머지는 정반대이다. 소년의 상상과 노년의 지혜, 난파로 말미암은 목적지 상실과 계획된 항해로 목적지 분명함, 생명의 흔들림과 정신의 안정, 파탄에 이른 결말과 예정대로의 진행이 아주 다르다. 시 창작의 상반된 방향, 가치관의 상극을 지나치다고 할 만큼 확대해 보여주었다.

타고르Rabindranath Tagore, 〈바치는 노래 94Gitangali 94〉

At this time of my parting, wish me good luck, my friends!
    The sky is flushed with the dawn and my path lies
    beautiful.
Ask not what I have with me to take there. I start on my
    journey with empty hands and expectant heart.
I shall put on my wedding garland. Mine is not the red−
    brown dress of the traveller, and though there are
    dangers on the way I have no fear in my mind.
The evening star will come out when my voyage is done and
    the plaintive notes of the twilight melodies be struck
    up from the King's gateway.

길을 떠나는 이 시간에, 벗들이여 행운을 빌어주세요.
    여명의 하늘은 붉게빛나고 내 길은 아름답게
    놓여 있습니다.
무엇을 가지고 가느냐는 묻지 말아주세요. 나는 빈손으
    로, 기대하는 마음만 가지고 여정을 시작합니다.
내가 입은 옷은 혼례복이고, 여행자용 적갈색 복장이
    아니랍니다. 가는 길에 어떤 위험이 있어도 두려
    워하는 마음은 없을 것이어요.
내 여정이 끝나면 저녁별이 나타나고, 황혼녘 노래의
    애련한 가락이 임금님의 문에서 들려올 것입니다.

    타고르는 인도 근대시인이다. "바치는 노래"라는 뜻의 〈기탄잘리〉를 연작으로 지었다. 그 94번에서는 길을 떠나는 마음을 노래했다. 임금님이라고 한 절대자와 만나러 가는 길이어서 혼례복을 입었고, 멀리 가도 두렵지 않다고 했다. 훌륭한 목표를 마음에 품고 산다면 인생이 아름답다고 했다.

제12장
길이 있는가

한산(寒山), 〈어느 사람이 한산의 길을 묻는데...(人問寒山道...)〉

人問寒山道
寒山路不通
夏天氷未釋
日出霧朦朧
似我他由屆
與君心不同
君心若似我
還得到其中

어느 사람이 한산의 길을 묻는데,
한산에는 길이 통하지 않는다.
여름 날에도 눈이 녹지 않고,
해가 떠도 안개가 몽롱하다.
나 같으면 어떻게든 갈 수 있지만,
그대와는 마음이 같지 않네.
그대 마음이 나와 같으면,
이미 그 속에 이르렀으리.

　　중국 당나라의 어느 은사(隱士)가 지었다는 《한산시》(寒山詩)에 이런 것이 있다. 한산은 은거해서 마음을 닦는 산이다. 춥다는 뜻의 '한'(寒)을 앞에 넣어 고행을 하는 장소라고 암시했다. 한산에 가려면 길을 따라 가면 되는 것은 아니다. 마음속에서 비장한 결단을 내려야 한산에 갈 수 있다고 했다.

쉴러Friedrich Schiller, 〈순례Der Pilgrim〉

Noch in meines Lebens Lenze
War ich, und ich wandert' aus,

Und der Jugend frohe Tänze
Ließ ich in des Vaters Haus.

All mein Erbtheil, meine Habe
Warf ich fröhlich glaubend hin,
Und am leichten Pilgerstabe
Zog ich fort mit Kindersinn.

Denn mich trieb ein mächtig Hoffen
Und ein dunkles Glaubenswort,
Wandle, rief's, der Weg ist offen,
Immer nach dem Aufgang fort.

Bis zu einer goldnen Pforten
Du gelangst, da gehst du ein,
Denn das Irdische wird dorten
Himmlisch, unvergänglich sein.

Abend ward's und wurde Morgen,
Nimmer, nimmer stand ich still;
Aber immer blieb's verborgen,
Was ich suche, was ich will.

Berge lagen mir im Wege,
Ströme hemmten meinen Fuß,
Über Schlünde baut' ich Stege,
Brücken durch den wilden Fluß.

Und zu eines Stroms Gestaden
Kam ich, der nach Morgen floß
Froh vertrauen seinem Faden,
Werf' ich mich in seinen Schooß.

Hin zu einem großen Meere

Trieb mich seiner Wellen Spiel;
Vor mir liegt's in weiter Leere,
Näher bin ich nicht dem Ziel.

Ach, kein Steg will dahin führen,
Ach, der Himmel über mir
Will die Erde nicht berühren,
Und das Dort ist niemals hier!

내 인생의 봄에 이미
방랑의 길에 올랐다.
청춘의 아름다운 춤은
아버지의 집에 두고서.

나의 유산과 소유를
즐겁게 여기며 버렸다.
순례자 지팡이 가볍게
동심을 지니고 떠났다.

거대한 희망과 함께
어두운 믿음의 말이 몰아치며
방랑하라, 길은 열려 있다고 한다.
언제나 높은 곳으로 가란다.

황금의 문에 이르러,
그 안으로 들어갈 때까지.
거기서는 속된 것이
거룩하고 영원하리라.

저녁이 되고 또 아침이 와도
나는 결단코 멈추지 않는다.

그래도 숨어 있기만 하다,
내가 찾고 바라는 것은.

산이 길을 가로막고
폭풍이 발을 잡아도,
심연 위에 소로를 만들고,
격랑에 다리를 놓는다.

마침내 동쪽으로 흐르는
어느 강가까지 와서,
그 흐름을 신뢰하라고
내 몸을 던진다.

저기 거대한 바다로
물결 장난이 나를 데려가도,
내 앞에는 허공만 있고,
목적지에는 이르지 못한다.

아, 거기 가는 길은 없다.
아, 저 위의 하늘이
땅과 닿지 않는다.
그곳에 가지는 못한다.

　쉴러는 근대 독일의 고전주의 시인이다. "방랑"이 아닌 "순
례"를 말한다고, 비장한 각오를 하고 길을 떠나 어떤 모험을
해도 영원한 이상에는 도달하지 못한다고 했다. 허공이 허공
으로 남아 있다. 탐구의 결과를 기대하면 실망만 하게 된다고
했다.

휠덜린Friedrich Hölderin, 〈방랑자Der Wanderer〉

Also sagt ich und jetzt kehr ich an den Rhein, in die Heimat,
Zärtlich, wie vormals, wehn Lüfte der Jugend mich an;
Und das strebende Herz besänftigen mir die vertrauten
Offnen Bäume, die einst mich in den Armen gewiegt,
Und das heilige Grün, der Zeuge des seligen, tiefen
Lebens der Welt, es erfrischt, wandelt zum Jüngling mich um.
Alt bin ich geworden indes, mich bleichte der Eispol,
Und im Feuer des Süds fielen die Locken mir aus.
Aber wenn einer auch am letzten der sterblichen Tage,
Fernher kommend und müd bis in die Seele noch jetzt
Wiedersähe dies Land, noch Einmal müßte die Wang ihm
Blühn, und erloschen fast glänzte sein Auge noch auf.
Seliges Tal des Rheins! kein Hügel ist ohne den Weinstock,
Und mit der Traube Laub Mauer und Garten bekränzt,
Und des heiligen Tranks sind voll im Strome die Schiffe,
Städt und Inseln, sie sind trunken von Weinen und Obst.
Aber lächelnd und ernst ruht droben der Alte, der Taunus,
Und mit Eichen bekränzt neiget der Freie das Haupt.

이처럼 나는 이제 라인강, 내 고향으로 돌아왔다고 말했다.
예전처럼 젊은 시절의 바람이 내게 정겹게 불어온다.
그리고 열정적인 심정을 달래주던 나무가 그 자리에 있다.
다정하게 뻗어난 그 나무가 나를 향해 팔을 흔들었다.
성스러운 푸름이 복되고 심오한 세계의 증인이 되어
나를 신선하게 해서 젊은 날로 되돌아가도록 한다.
나는 그 동안 늙었다. 북극이 나를 창백하게 만들었다.
또한 남쪽의 불길 때문에 곱슬머리가 떨어져 나갔다.
그러나 죽음에 이르는 마지막 시간이 멀리서 다가오고.
영혼 깊숙한 곳까지 지쳐버리게 된 바로 이 때에
이 땅을 다시 보고 한 번 더 뺨을 갖다 대니,
자취를 감추고 없던 꽃이 눈을 뜨고 빛을 낸다.

라인강의 복된 계곡이여! 포도원 없는 언덕이 없다.
포도 잎으로 벽과 정원이 화환 장식을 하고 있다.
그리고 성스러운 음료가 강에서 다니는 배를 채웠다.
도시와 섬들이 모두 포도주와 과일에 취해 있다.
저 위에서 타우누스 산맥이 웃으며 진지하게 쉬고,
굴참나무로 장식한 자유민이 머리를 숙이고 있다.

　횔덜린은 독일 낭만주의 시인이다. 〈방랑자〉라는 시를 길게
썼다. 7연 가운데 제3연을 든다. 밖으로 나가 정신적인 방랑을
하다가 고국으로 돌아온 기쁨을 말한 대목이다.

　멀리 돌아다녀 북극에서 얼굴이 창백하게 되고, 남쪽의 열
기 때문에 고수머리 머리카락이 빠졌다고 했다. 이제 죽음이
가까이 다가오고 뼛속까지 피곤하다고 했다. 방랑을 그만두고
고향으로 돌아가야 할 사정이 너무나도 절박하다고 했다. 자
기 고향이 라인 강변이라고 여러 번 말했다. 특정 마을을 들지
않고 독일을 상징하는 강을 말했다. 라인 강변이 복된 곳이라
고 포도주를 자랑하면서 말했다. 사람에 관해 말한 것은 마지
막 줄뿐이다. 독일은 자유민이 만족스럽게 사는 나라라고 말
한 것 같다.

보들래르Charles Baudelaire, 〈비상Élévation〉

Au-dessus des étangs, au-dessus des vallées,
Des montagnes, des bois, des nuages, des mers,
Par delà le soleil, par delà les éthers,
Par delà les confins des sphères étoilées,

Mon esprit, tu te meus avec agilité,
Et, comme un bon nageur qui se pâme dans l'onde,
Tu sillonnes gaiement l'immensité profonde
Avec une indicible et mâle volupté.

Envole-toi bien loin de ces miasmes morbides;
Va te purifier dans l'air supérieur,
Et bois, comme une pure et divine liqueur,
Le feu clair qui remplit les espaces limpides.

Derrière les ennuis et les vastes chagrins
Qui chargent de leur poids l'existence brumeuse,
Heureux celui qui peut d'une aile vigoureuse
S'élancer vers les champs lumineux et sereins;

Celui dont les pensers, comme des alouettes,
Vers les cieux le matin prennent un libre essor,
— Qui plane sur la vie, et comprend sans effort
Le langage des fleurs et des choses muettes!

저 연못 위로, 저 골짜기 위로
산, 숲, 구름, 바다를 날아올라.
태양 너머로, 창공 너머로,
별들이 있는 그 끝을 지나,

나의 혼이여, 너는 가볍게 움직여
물속에서 황홀하게 헤엄치는 사람처럼
무한히 깊은 곳을 너는 누벼라
말로 다 할 수 없는 쾌감을 누리면서,

너는 죽음의 악취 너머로 멀리 날아올라
최상공의 공기로 너를 정화해라.
순수하고 신성한 술이라고 여기고
맑은 공간의 투명한 불빛을 마셔라.

원수진 것들과 슬픈 것들을 뒤로 하고
안개 자욱한 현실에서 발을 빼내,

힘찬 날개로 청명하고 빛나는 곳으로
날아 올라가는 사람은 복되도다;

생각을 종달새처럼 자유롭게 하고서
아침 하늘로 마음껏 날아오르는 사람,
삶 위에서 활공하고, 꽃들이 하는 말이나
무언의 사물을 쉽게 아는 사람은 행복하다.

　보들래르는 프랑스 상징주의 시인이다. 이 시에서 길로 가라
고 하지 않고 날아오르라고 했다. 날아오르는 것이 공간적인
이동인 듯이 말하더니, 삶의 구속에서 벗어난 순수하고 자유
로운 마음을 가지고 꽃들이 하는 말을 알아듣고 무언의 사물을
이해하는 경지라고 했다. 그것은 시인의 마음이고, 시의 비밀
이다.

김소월, 〈길〉

어제도 하로 밤
나그네 집에
까마귀 까악까악 울며 새었소.

오늘은
또 몇 십 리
어디로 갈까.

산으로 올라갈까
들로 갈까
오라는 곳이 없어 나는 못 가오.

말 마소, 내 집도
정주(定州) 곽산(郭山)
차(車) 가고 배 가는 곳이라오.

여보소, 공중에
저 기러기
공중엔 길 있어서 잘 가는가?

여보소, 공중에
저 기러기
열 십자(十字) 복판에 내가 섰소.

갈래갈래 갈린 길
길이라도
내게 바이 갈 길은 하나 없소.

김소월은 한국 근대시인이다. 길에 대해 이런 시를 지었다.
나그네가 되어 떠나야 하지만 갈 곳이 없다. 자기 집은 차도
가고 배도 가는 곳이지만 갈 수 없다. 기러기는 공중에 길이
있어 잘 가지만, 자기는 십자로 복판에 서서 갈 곳 없어 한탄
한다. 갈래갈래 갈린 길이 자기에게는 갈 길이 아니라고 했다.
　갈 곳이 있는 사람은 행복하다. 무작정 떠나는 방랑자도 행
복하다. 갈 곳이 없고 방랑의 길에 오르지 못하는 것을 한탄하
는 사람은 불행하다.

조태일, 〈국토서시(國土序詩)〉

발바닥이 다 닳아 새 살이 돋도록 우리는
우리의 땅을 밟을 수밖에 없는 일이다.

숨결이 다 타올라 새 숨결이 열리도록 우리는
우리의 하늘 밑을 서성일 수밖에 없는 일이다.

야윈 팔다리일망정 한껏 휘저어
슬픔도 기쁨도 한껏 가슴으로 맞대며 우리는
우리의 가락 속을 거닐 수밖에 없는 일이다.

버려진 땅에 돋아난 풀잎 하나에서부터
조용히 발버둥치는 돌멩이 하나에까지
이름도 없이 빈 벌판 빈 하늘에 뿌려진
저 혼에까지 저 숨결에까지 닿도록

우리는 우리의 삶을 불 지필 일이다.
우리는 우리의 숨결을 보탤 일이다.

일렁이는 피와 다 닳아진 살과
허연 뼈까지를 통째로 보탤 일이다.

조태일은 한국 현대시인이다. 국토를 성지로 삼아 순례하
자는 시를 썼다. 국토를 밟고 걸어 다니는 것을 고행을 통한
각성의 방법으로 삼아, 시련을 체험하고 삶의 보람을 찾자고
했다.

김지하, 〈바람이 가는 방향〉

바람이 가는 방향
거기 언제나
내가 서 있다

바람과 같은 방향 아니다
바람에 맞부딪치는
역류의 길

거기
회오리도 소소리도
하늬도 하늬바람도 일어

펄럭이는 옷자락
날리는 머리카락
외치는 몸뚱이 몸뚱아리

나는 언제
반역의 사람
바람 없이는
내 삶도 없다
존재가 아닌 있음이 아닌
살아 있음 없다

살아 있다면
친구여
바람을 거슬러라

아
바람소리 바람소리 속에
내 몸의 노래가 살아 있다

내 몸속에 깊이 박힌
생명의 외침
그 넋이 살아 있다

김지하는 한국 현대시인이다. 사람은 언제나 바람이 가는 방향에 서 있다고 하고, 바람 없이는 삶이 없다. 이렇게 말하고, 자기는 바람을 따르는 방랑의 길을 가지는 않는다고 했다. 바람을 거스르며 자기 내면 생명의 외침을 찾는 내면 탐구의 길을 간다고 했다. 내면에서 기대하는 진정한 탐구는 외면의 동요를 따르지 않고 거역해야 이루어진다고 했다.

제13장
길을 여는 투쟁

윤동주, 〈길〉

잃어버렸습니다.
무얼 어디다 잃었는지 몰라,
두 손이 주머니를 더듬어
길게 나아갑니다.

돌과 돌과 돌이 끝없이 연달아,
길은 돌담을 끼고 갑니다.

담은 쇠문을 굳게 닫아
길 위에 긴 그림자를 드리우고,

길은 아침에서 저녁으로
저녁에서 아침으로 통했습니다.

돌담을 더듬어 눈물짓다
쳐다보면 하늘은 부끄럽게 푸릅니다.

풀 한 포기 없는 이 길을 걷는 것은
담 저쪽에 내가 남아 있는 까닭이고,

내가 사는 것은, 다만,
잃은 것을 찾는 까닭입니다.

　윤동주는 한국 근대시인이다. 일제 강점기 현실에서 괴로워
하면서 민족 해방을 염원하는 시를 고도의 암시적인 수법으로
써서 유고로 남겼다. 이 시도 그 가운데 하나이다.
　서두에서 "잃어버렸습니다"라고 하고 목적어를 생략했다.
주머니를 뒤져 찾을 수 있는 물건인 듯이 말하다가 "길게 나아

갑니다"라고 하고 길을 간다고 했다. 돌담이 연달아 있고 쇠문이 잠겨 있는 길을 간다고 했다. "풀 한 포기 없는 이 길을 걷는 것은 담 저쪽에 내가 남아 있는 까닭"이라고 하는 데서는 잃어버린 자기를 찾는 것처럼 말했다.

"내가 사는 것은, 다만, 잃은 것을 찾는 까닭입니다"라고 한 결말에 이르면 자기는 찾는 주체이지 찾는 대상은 아니다. 찾는 대상이 무엇인지는 끝내 한 마디도 하지 않고, 암시마저 거부했으므로 독자가 알아내야 한다. 그것은 민족 해방이 아닌 다른 무엇일 수 없다. 길을 간다는 것은 민족해방을 염원하고 이룩하기 위한 분투의 과정이다.

이육사, 〈노정기(路程記)〉

목숨이란 마치 깨어진 뱃조각
여기저기 흩어져 마음이 구죽죽한 어촌보담 어설프고,
삶의 티끌만 오래 묵은 포범(布帆)처럼 달아매었다.

남들은 기뻤다는 젊은 날이었건만
밤마다 내 꿈은 서해를 밀항하는 쩡크와 같아,
소금에 절고 조수에 부풀어 올랐다.

항상 흐릿한 밤 암초를 벗어나면 태풍 싸워가고,
전설에 읽어 본 산호도는 구경도 못하는
그곳은 남십자성이 비쳐주도 않았다.

쫓기는 마음 지친 몸이길래
그리운 지평선을 한숨에 기오르면,
시궁치는 열대식물처럼 발목을 오여 쌌다.

새벽 밀물에 밀려온 거미이냐,
다 삭아빠진 소라 껍질에 나는 불어 왔다.
먼 항구의 노정(路程)에 흘러간 생활을 들여다보며.

이육사는 한국 근대시인이다. 일제 강점기의 암담한 현실에
부딪혀 번민하는 시를 썼다. 인생의 행로가 고달프다고 한 것
이 개인의 문제가 아니다. "항상 흐릿한 밤 암초를 벗어나면
태풍 싸워가고"라고 한 것은 민족의 처지이다. 해방의 가능성
을 "산호도", "남십자성"이라는 말로 암시하고, 아직은 절망이
라고 탄식했다. "시궁치"는 "시궁발치"의 준말로 "시궁창 끝머
리"라는 뜻이다.

이용악, 〈벌판을 가는 것〉

몇 천년 지난 뒤 깨어났음이뇨
나의 밑 다시 나의 밑 잠자는 혼을 밟고
새로이 어깨를 일으키는 것
나요
불길이요

쌓여 쌓여서 훈훈히 썩은 나뭇잎들을 헤치며
저리 환하게 열린 곳을 뜻함은
세월이 끝나던 날
오히려 높디높았을 나의 하늘이 남아 있기 때문에

내 거니는 자욱마다 새로운 풀폭 하도 푸르러
뒤돌아 누구의 이름을 부르료

이제 벌판을 가는 것

바람도 비도 눈보라도 지나가버린 벌판을
이렇게 많은 단 하나에의 길을 가는 것
나요
끝나지 않는 세월이요

    이용악은 한국 근대시인이다. 일제 강점기 민족의 수난을 통탄하고 해방을 희구하는 심정을 정감어린 서정시로 나타내 검열을 피하고 공감을 심화했다. 끝나지 않는 세월을 견디며 "바람도 비도 눈보라도 지나가버린 벌판을" 간다는 말로 시련을 참고 견딘다는 것을 암시하면서, "잠자는 혼"이 깨어나는 "불길"이 일어난다고 한 해방을 기다리고 준비했다.

라비아리벨로Jean-Joseph Rabearivelo, 〈서곡Prélude〉

Oiseaux migrateurs, nomades de l'azur
et du calme vert des forêts tropicales,
que de mers encore, hélas ! et que d'escales
avant de trouver le port heureux et sûr !

Cependant, vainqueurs du vent et de l'espace,
le dôme nouveau des palmiers entrevus
au seuil lourd d'Ailleurs des beaux cieux inconnus,
refait votre espoir et double votre audace !

Ah ! j'ai tant de fois envié votre sort
pourtant menacé de chute et de naufrage
pour n'avoir aimé que l'incessant mirage
des ciels et des flots, loin de l'appel des morts !

Et si l'horizon qui limite ma vue
n'avait en ses flancs les premiers de mon sang,

si j'oubliais que ce terme florissant
garde les tombeaux dont ma race est issue,

j'aurais déjà pris ma place dans la barque
qui mène au—delà des fleuves et des mers
pour ne plus cueillir que des fruits moins amers
avant que fût consommé le jeu des Parques !

Et j'aurais connu, comme vous, des matins
parés chaque jour des fleurs d'une autre terre ;
battant l'océan d'un nouvel hémisphère,
mon rêve aurait fait quels somptueux butins !

멀리까지 날아가는 새들, 창공의 유랑민이여,
조용하고 푸른 열대의 숲을 돌아다니다가,
바다로 나가, 기항지를 떠나 헤매는구나,
행복하고 안전한 항구를 찾을 때까지.

그렇더라도, 바람과 공간의 정복자여,
어렴풋한 종려나무들의 새로운 지붕이 되고,
미지의 아름다움을 지닌 저곳 하늘 입구에서
희망을 다시 마련하고, 갑절이나 대담해져라.

아, 나는 얼마나 너희들을 부러워하면서
몰락과 난파의 위험에 시달려 왔던가.
무한한 꿈, 하늘, 파도만을 사랑하고,
저승의 부름에서 멀어지려고 하면서.

시야를 차단하며 펼쳐져 있는 지평선이
우리 혈통의 선조들을 측면에도 두지 않고,
우리들 후손의 연원인 무덤들을 돌보던
그화려하던 시절을 잊어버렸다고 해도,

나는 떠나가는 배에 자리를 잡으리라.
강을 건너 바다 너머로 배는 나아간다.
거기서 쓰디쓴 맛이 덜한 과일을 따려고,
운명의 신이 하는 장난 끝내기 전에.

그대 멀리까지 날아가는 새들처럼, 아침마다
나도 저쪽 땅에 꽃이 핀 것을 알아내리라.
지구 반대쪽까지 나아가 바다를 휘저으며,
나의 소망이 화려한 결실을 이룩하리라.

    라비아리벨로는 아프리카 마다가스카르의 시인이다. 모국어 말라가시(Malagasy)어로도 시를 썼지만, 프랑스어 시 창작에 더욱 힘쓰다가 비난을 받고 자결했다. 왜 그랬는지 알려면 전후의 사정에 대한 지식이 필요하다.

    마다가스카르는 아프리카 나라 가운데 드물게 자기네 말 말라가시어를 표준화해 국어로 사용하다가 프랑스의 식민지가 되었다. 식민지 통치자들은 표준화를 와해시키고, 말라가시어가 창피스러운 말이 되도록 했다. 말라가시어 사용자는 '원주민'이라고 일컬으면서 천대하고, 프랑스어를 구사하는 사람들은 '프랑스 시민'이라면서 우월감을 가지게 했다. 사회 갈등이 언어 문제와 맞물려 격화되었다.

    프랑스가 식민지 주민에게 프랑스어를 가르친 것은 식민지 통치가 문명화의 길이라고 합리화하고, 프랑스어를 제대로 하지 못하면서 '프랑스 시민'이 되었다고 우쭐대는 허위의식에 들떠 주체의식을 버린 얼치기들이 필요했기 때문이었다. 아프리카인은 미개하고 지능이 낮아 그 이상은 될 수 없다고 생각했다. 그런데 프랑스인 못지않게 프랑스어를 구사하면서 허위의식이 아닌 주체의식을 보여주는 아프리카인들이 나타났다. 예상하지 않았던 사태가 벌어졌다고 할 수 있다.

    라비아리벨로도 그런 의미를 가진 '프랑스 시민'의 일원이었으나, 식민지 통치자가 바라는 바와는 반대로 나아가는 프랑스어 시를 썼다. 아프리카인의 프랑스어 시가 프랑스에서 뽐내는 시인들의 작품과 대등한 수준이면서 식민지 통치를 거부하고 민족해방을 염원하는 참신한 주제를 설득력 있게 갖추어 큰 충격을 준 선구자여서 세계적인 평가를 받는다. 그런데도 비난의 대상이 된 것은 아프리카 다른 곳들과는 달리 마다가스카르에는 국어가 있었기 때문이었다. 다행이 불행이었다. 시는 이해하려고 하지 않고, 흑백 논리로 편 가르기나 하는 설익은 투사들이 불행을 만들어냈다. 마다가스카르에서는 독립한 다음에야 남들이 하는 말을 듣고 라비아리벨로를 재평가하고 민족시인이라고 떠받든다.

제1연 서두의 "oiseaux migrateurs"는 "철새"이다. 철새가 바다 건너 다른 대륙까지 날아간다는 것을 말하려고 했다. 그런데 우리는 철새를 국내에 치우친 좁은 범위 안에서만 관찰해 기회주의자라고 여기기나 하므로, 말을 바꾸어 "멀리까지 날아가는 새들"이라고 했다. 새들이 "nomades"(유랑민)이라고만 하고 말았으나, 앞뒤의 말을 쉽게 이해할 수 있게 연결시키느라고 유랑민의 행위를 나타내는 "돌아다니다가", "헤매는구나"라는 동사를 덧붙였다.

"유랑민"이라고 하던 새들을 제2연에서는 "정복자"라고 했다. "dôme"(둥근 지붕)은 권능을, "palmier"(종려나무)는 죽음을 이기는 삶의 승리를 상징한다. 죽음을 누르고 삶의 승리를 이룩하는 정복자인 새들이, 위대한 권능을 행사해 미지의 세계로 나아가려는 희망을 거듭 마련하고 대담한 시도를 한다고 칭송했다. 제3연에서 "몰락이나 난파의 위협", "죽음의 부름"에서 벗어나려고 날아가는 새들처럼 탈출하고 싶다고 했다.

제4연은 그대로 옮기면 무엇을 말하는지 알기 어려워, 뜻이 통하도록 의역하는 모험을 했다. 프랑스어에는 주어가 반드시 있어야 하므로 "je"(나는)를 되풀이했으나, 거론한 사안이 동족에게 공통되고 자기에게 국한된 것은 아니므로, 번역에서는 이 주어를 뺐다. "시야를 차단하며 펼쳐져 있는 지평선"을 말한 것은 식민지 통치를 받는 동안에 의식의 폭이 좁아졌다는 말일 것이다. "우리 혈통의 선조들을 측면에도 두지 않고"는 선조 생각은 밀어내고 거의 하지 않게 되었다는 말일 것이다. "우리들 후손의 연원인 무덤들을 돌보던 그 화려하던 시절을 잊어버렸다"는 것은 민족의 전통을 자랑스럽게 여기던 시기가 지나갔다는 말일 것이다.

제5연에서는 민족 해방의 염원을 소극적으로 말하다가, 제6연에서는 적극적으로 나섰다. "지구 반대쪽까지 나아가 바다를 휘저으며"는 엄청난 변혁을 거쳐 간절한 소망을 거대하게 이루겠다고 하는 말이다. "나의 소망이" 이룩하는 "화려한 결실"이 민족 해방에 국한되지 않는 세계사의 대전환임을 알리려고 그런 말을 썼다.

제목을 〈서곡〉이라고 한 연작의 하나이다. 윤동주의 〈서시〉를 생각하게 한다. 그런데 윤동주가 극도로 절제를 한 것과 다르다. 해야 할 말이 아주 많아 조금 먼저 내놓았는데도 길어졌다.

나이두Sarojini Naidu, 〈유랑광대Wandering Singers〉

Where the voice of the wind calls our wandering feet,
Through echoing forest and echoing street,
With lutes in our hands ever-singing we roam,
All men are our kindred, the world is our home.
Our lays are of cities whose lustre is shed,
The laughter and beauty of women long dead;
The sword of old battles, the crown of old kings,
And happy and simple and sorrowful things.
What hope shall we gather, what dreams shall we sow?
Where the wind calls our wandering footsteps we go.
No love bids us tarry, no joy bids us wait:
The voice of the wind is the voice of our fate.

어디서 바람 소리가 유랑하는 우리를 부르는가?
숲에서도 메아리치고, 거리에서도 메아리치네.
우리는 깽깽이를 들고 줄곧 노래를 하면서 떠돈다.
누구나 우리 동류이고, 온 세상이 우리 집이라고.
우리가 부르는 노래에는 빛나는 도시들이 있다.
오래 전에 죽은 여인의 웃음과 아름다움도 있다.
과거 전투의 칼도, 옛날 임금이 쓰던 왕관도 있다.
행복하고 소박하고 슬픈 사연들을 말하고 다닌다.
어떤 희망을 모으고, 어떤 꿈을 뿌려야 하는가?
바람 소리가 우리를 불러 발걸음 재촉하는 곳에는,
사랑이 지체하지 않고, 기쁨은 기다리지 않는다.
바람 소리는 알고 따라야 할 우리 운명의 소리이다.

나이두는 인도의 여성시인이다. 간디(Gandhi)와 함께 인도
독립운동에 헌신하고, 인도 전역에서 읽을 수 있게 영어로 지
은 시로 인도정신을 일깨워 널리 사랑을 받았다. 인도가 독립
한 다음에는 정치인으로도 활동했다.

이 시는 형식과 표현이 잘 다듬어져 있다. 뜻을 옮기는 것은
어렵지 않으나, 정형시의 모습을 전하려고 하니 고민이다. 번
역시도 행의 길이가 일정하도록 말을 자르기도 하고 보태기도
해서 가지런하게 한다.

친근한 어조로 유랑광대의 삶을 노래해 쉽게 읽고 즐길 수
있게 한다. 그러나 광대가 예사 광대는 아니다. 광대가 유랑하
면서 노래를 불러 지난 시기 인도의 역사를 되새기고, "행복하
고 소박하고 슬픈 사연들"로 오늘날 사람들에게 희망과 꿈을
준다고 했다. 지체하지 않고 사랑을, 기다리지 않게 하고 기쁨
을 일깨워준다고 했다. "누구나 우리 동류이고, 온 세상이 우
리 집이라고" 하는 깨달음을 전한다고 했다.

"바람 소리"라는 말이 거듭 나온다. 바람 소리는 광대를 부
르고, 광대가 노래할 사연을 제공하는 인도자이다. 인격적인

인도자이거나 어떤 신(神)인 것은 아니다. 민족정신, 역사의
식, 시대정신, 현실인식 등이 모여 하나를 이루는 정신이 광대
를 인도한다고 했다고 이해할 수 있다. 보이지 않는 위대한 정
신이 불어닥친다고 하는 비유가 아주 적절하다.

　유랑광대를 두고 이렇게 한 말에 더 새겨야 할 뜻이 있다.
인도의 과거와 현재를 이어주고, 절망에 사로잡힌 사람들에
게 희망과 꿈, 사랑과 기쁨을 가져다주며, "누구나 우리 동류
이고, 온 세상이 우리 집이라고" 해야 할 사람은 유랑광대만이
아니다. 시인도 같은 일을 함께 하는 것이 마땅하다고 여기고,
자기가 본보기를 보이겠다고 하면서 이 시를 지었다.

　그러면 시인도 유랑시인이라는 말인가? 이런 의문이 제기
된다. 그렇다. 시인도 유랑시인이어야 한다. 고금을 오르내리
면서 어디든지 가고, 널리 혜택을 베풀려면 광대처럼 유랑해
야 한다. 현실안주에서 탈출해, 민족정신, 역사의식, 시대정
신, 현실인식 등이 모여 하나를 이루는 보이지 않으나 위대한
정신, 그 바람의 부름을 받고 어디까지든지 가야 한다. 탈출해
유랑해야 진정한 시인일 수 있다.